W0416099

Ein Bestatter gräbt nach

Die Deutsche Bibliothek – CIP-Einheitsaufnahme

Reichert, Mathias:
Ein Bestatter gräbt nach: Bergisch Gladbacher Kriminalroman/Mathias Reichert; Reiner M. Sowa. –
Bergisch Gladbach: Heider, 1999
ISBN 3-87314-338-0

ISBN 3-87314-338-0

© Joh. Heider Verlag GmbH, Bergisch Gladbach
Alle Rechte vorbehalten

Herstellung: Heider Druck GmbH

Titelbild: Klaus Dill, Glashütten-Oberems

Mathias Reichert · Reiner M. Sowa

Ein Bestatter gräbt nach

Bergisch Gladbacher Kriminalroman

Die Handlung dieses Romans, die Personen und ihre Namen sind frei erfunden. Etwaige Ähnlichkeiten sind zufällig, zum Teil aber auch beabsichtigt.

1

Wie vorhergesehen, hatte er nicht lange warten müssen. Er ließ den Motor an und setzte den Wagen rückwärts auf den jetzt freien Platz vor dem alten Zanders-Bad. Es war Viertel vor vier. Er stellte die Parkscheibe auf sechzehn Uhr und stieg aus. Als er neben dem Auto stand, ließ sein Rundrücken unter dem abgetragenen Kamelhaarmantel die Schultern fast verschwinden. Hinter dem Kindergarten bog er vor dem verwaisten Spielplatz nach links ab und gelangte auf den Fußweg an der Bensberger Straße, auf der, wie jeden Freitagnachmittag, die Autos dicht an dicht dahinschlichen. Die angeschmutzte Zuckerwatte am Himmel verbreitete ein diffuses Licht. Hätte es noch geregnet, wäre es ein typisch bergischer Schmuddelwettertag gewesen. Auf der gegenüberliegenden Seite stieg der weiße Dampf nur langsam aus den Schornsteinen der Papierfabrik Zanders, legte sich zur Seite und zog in immer breiter werdenden Schwaden nach Osten über den Quirlsberg hinweg.

In der Unterführung wurde es voller. Menschen mit Einkaufstüten und Körben kamen ihm entgegen, andere überholten ihn. Mit seinem nach vorne gebeugten Kopf erweckte er den Eindruck, als ob er auf dem Boden nach verlorenen Dingen suchte, ein Eindruck, der sich noch dadurch verstärkte, daß er sein linkes Bein nachzog, ohne deshalb besonders langsam zu sein.

„Paß doch auf, Trottel!“

Einer der besonders Eiligen hatte ihn angerempelt. Ein Ruck durchlief ihn, sein Körper spannte sich und sein graues, von zahlreichen Krähenfüßen durchzogenes Gesicht mit der dickrandigen Sonnenbrille vor den Augen stand plötzlich senkrecht, doch der Rüpel hatte sich schon weitergeschlängelt. Er strich sich mit der rechten Hand über sein ordentlich frisiertes, graumeliertes Haar. Dann faßte er den vorderen

Trageriemen seiner rostfarbenen Kunstledertasche fester, ließ seine Schultern wieder hängen und schlurfte weiter in Richtung Gladbacher Fußgängerzone.
Auf dem aus kleinen Quadersteinen gemauerten Wall neben dem Eingangsportal der Deutschen Bank saß ein abgerissener, aber noch junger Mann. Auf der schmutzigen Zeitung vor ihm auf dem Boden lagen einige Münzen. Er musterte ihn kurz, holte dann aus seiner rechten Sakkotasche ein Fünfmarkstück heraus und warf es im Gehen mit geschicktem Schwung so auf das Papier, daß es liegenblieb. Dabei wäre er an der Eingangstür fast mit einer elegant gekleideten Dame zusammengestoßen, die nach draußen eilte.
„Scusa, Signorina. Hier, prego." Mit einer leichten Verbeugung reichte er ihr die krokolederne Handtasche, die ihr von der Schulter gerutscht war. „Mi dispiace. Scusi! Es tut mir sehr leid." Sie musterte ihn scharf von oben bis unten und zog die linke Augenbraue abschätzig nach oben.
„Sie sollten aufpassen, wohin Sie laufen."
Er zuckte mit den Schultern und betrat die Bank. Es war kurz vor vier, kurz vor Schalterschluß. Aus einem Formularständer griff er einen Überweisungsauftrag und begann, ihn auf einem Stehpult auszufüllen. Als die beiden letzten Kunden gegangen waren, wurde es Zeit für ihn. „Uno momento, per favore", rief er und wedelte mit dem Formular.
Vera Lindner haßte solche späten Kunden, die ihrer Ansicht nach nicht das geringste Gespür dafür hatten, daß Öffnungszeiten auch etwas mit der Arbeitszeit des Personals zu tun haben. Wieder einmal würde sie den Zug verpassen und den gesamten Wochenendeinkauf am Samstag erledigen müssen. Vor Jahren hatte sie einen Abendkurs belegt: „Zeitgewinn durch Planung". Heute wußte sie, daß es Theoretiker sind, die so etwas anpreisen. Sie würde ganz schönen Ärger bekommen, wenn sie einem Kunden sagte: „Tut mir leid, aber zum ersten ist Geschäftsschluß und zum zweiten läßt meine persönliche Zeitplanung es nicht zu, daß ich Sie jetzt noch bedie-

ne.“ Ärger? Das wäre weit untertrieben. „Draußen vor der Tür, meine liebe Lindner“, würde ihr Chef sagen, „warten sehr viele darauf, selbst noch nach Dienstschluß unter Beweis zu stellen, was unsere Bank unter der Hohen Schule der Dienstleistung versteht. Wenn Sie sich zu fein dafür sind, bitte schön, bitte, lassen Sie es mich doch wissen. Ich stelle Ihnen nichts in den Weg, nichts.“

Sie zwang ein Lächeln in ihr Gesicht, als der Mann mit dem Kamelhaarmantel direkt vor ihr stand. „Bitte?“

Er zog eine Plastiktüte aus seiner linken Manteltasche und legte sie auf die Ablage.

„Prego, Signorina, füllen. Tutto. Ganz. Mit Scheinen. Und, per favore, machen Sie keine Dummheiten. Capisci?“

Vera Lindners Lächeln gefror und ihre Mundwinkel zuckten. Sie nahm die Bewegung der Hand in der Manteltasche wahr und erkannte, daß sich unter dem Stoff die Konturen einer Pistole abzeichneten.

„Prego, Signorina, ich möchte anwenden keine Gewalt. Non voglio. Und Sie, Signorina, werden doch sicher stasera ihren hübschen Augenaufschlag noch machen wollen woanders anstatt zu liegen im Kühlhaus? Molto frigido. Aber, piccola Signorina, spürt man ja nichts mehr davon, wenn man ist dort. Also: Keine Dummheiten, per favore.“

Vera Lindner hatte nicht die geringste Lust, mit dem Kühlhaus Bekanntschaft zu machen. Weder als Leiche noch in irgendeinem anderen Zustand.

„Was ist, Signorina?“

„Es ist, ich, also, ja, das Geld ist dort drüben.“ Mit einer leichten Bewegung ihres Kopfes deutete sie in die Richtung des panzerglasgeschützten Kassenschalters.

„Ich weiß, Signorina, naturalmente. Sie jetzt gehen ganz langsam zu Ihrem Kollegen. Er wird öffnen Ihnen die Tür. Wenn nicht, Sie dafür sorgen, daß er tut es. Sie werden sagen zu ihm, was will ich, und was passiert, wenn einer von Ihnen macht Dummheiten. Ich sehe, wenn er tritt mit dem Fuß auf

Alarmknopf. Dann ich bin weg schnell. Aber vorher . . . Sie verstehen, kleine Signorina?“
Und ob Vera Lindner verstand. Sie setzte sich in Bewegung.
„Ferma! Halt, die Tüte.“ Die Art, in der er sie ihr in die Hand gab, hatte etwas unpassend Friedliches.
Ernst Korschenbroich hatte in seinem wasserlosen Aquarium von der Unterhaltung nichts hören können. Er öffnete die Tür und steckte den Kopf heraus.
„Was gibt es denn, Fräulein Lindner? Kann ich Ihnen helfen?“
Sie faltete die Tüte auseinander und reichte sie ihm. „Füllen Sie sie voll, mit Scheinen, großen und kleinen.“ Das reimt sich, dachte sie, und wunderte sich sofort, daß sie das jetzt dachte. Schnell fügte sie hinzu: „Und machen Sie um Gottes willen keine Dummheiten!“
Korschenbroichs Augen weiteten sich für einen Moment, dann zogen sie sich zu Schlitzen zusammen. Sie sah, wie er den rechten Fuß lockerte und in Richtung Alarmknopf bewegte.
„Mensch, Korschenbroich, machen Sie keinen Unsinn! Wofür denn! Tun Sie alles, was er will, es ist ja nicht Ihr Geld!“ Die letzten Worte hatte sie fast geschrien. Aber sie sah an seinem Gesichtsausdruck sofort, daß Korschenbroich das genausogut wußte wie sie. „Ich bin doch kein Idiot! Mein Bein, es war nur mein Bein, es tut heute wieder so weh.“
„Lassen Sie offen die Tür und bewegen Sie sich langsam. Und Sie, Signorina, gehen jetzt zurück zwei Schritte von der Tür.“
Die rechte Manteltasche mit der Hand und dem harten Gegenstand drinnen lag jetzt auf der Ablage und zielte genau auf Vera Lindner. „Schlafen Sie nicht ein da drinnen, avanti, avanti, avanti! Tutto, tutto, alles, habe gesagt ich, alles sollen Sie packen ein.“
Korschenbroich griff jetzt auch die beiden Bündel Tausender, die halb verdeckt unter einigen Belegen lagen. Was passiert, fuhr es ihm plötzlich durch den Kopf, wenn Frenzen oder Bergmann etwas vergessen hatten und noch einmal in den Schalterraum zurückkamen? Ernst Korschenbroich stopfte

schnell die Scheine in die Tüte und hielt sie vor sich in die Höhe. Vera Lindner stand mit blassem Gesicht daneben und rührte sich nicht.
„Benissimo. So, per favore, jetzt wir gehen zum Tresorraum."
„Aber der Tresor ist leer!" rief Korschenbroich heiser. „Das Geld lagert in der Zentrale. Aus Sicherheitsgründen."
„Naturalmente, der Tresor ist leer!"
„Und außerdem: Da kommen wir jetzt nicht mehr dran. Mein Kollege, der vorhin gegangen ist, hat den Zweitschlüssel dafür. Allein kann ich den Tresor nicht öffnen." Warum hat er denn nicht genug und verschwindet endlich, ehe noch ein Unglück passiert? dachte Korschenbroich verzweifelt. Auf seiner Stirn glänzten kleine Schweißperlen.
„Nonsenso! Was hätten Sie gemacht mit all dem Geld, das Sie haben gestopft in die Tasche, hä? Sie hier", und er zeigte auf Vera Lindner, „hat den Zweitschlüssel. Und wir werden jetzt gehen hinüber gemeinsam zum Tresor. Los, avanti, avanti!"
Ernst Korschenbroich und Vera Lindner setzten sich in Bewegung. Vera Lindner hatte tatsächlich den Zweitschlüssel. Ganz offensichtlich kannte der Italiener sich gut aus. Oder er hatte eine ausgesprochen gute Beobachtungsgabe und konnte schnell und folgerichtig denken. Er setzte sich hinter ihnen rücklings auf die Kundentheke und schwang sich auf die andere Seite. Das linke Bein so beweglich wie das rechte.
Sieben, fünf, zweimal nach links, acht, drei, dreimal nach rechts, sechs. Korschenbroichs Hand zitterte leicht, als er den Schlüssel ins Schloß steckte. Vera Lindner machte das gleiche auf der anderen Seite, bevor Korschenbroich das verchromte Metallkreuz nach links drehte und die schwere Panzertür aufzog. Abgestandene Luft kam ihnen entgegen.
„Bitte, wie ich Ihnen gesagt habe: Der Tresor ist leer."
„Naturalmente, ich weiß. Gehen Sie!" und mit einer herrischen Bewegung seiner linken Hand unterstrich er, wohin sie gehen sollten.
„Aber was sollen wir da?" rief Korschenbroich hilflos.

„Nessuni discussioni, avanti, ambedue, alle beide! Weiter nach hinten! Die Tüte mit dem Geld, hier auf das Regal!" Es staubte, als die Tüte aufsetzte. Der Italiener umfaßte eine der Regalstreben und rüttelte daran. Die Bretter vibrierten nicht einmal. Aus seiner linken Manteltasche zog er ein paar Handschellen.
„Qui, Sie, Signorina, die linke Hand, und Sie, Signore, die rechte. Dort hinten. Und so, per favore." Er zeigte ihnen, wie sie sich selbst an der hintersten Regalstrebe fesseln sollten.
„Aber Sie können uns doch nicht hier anketten", rief Vera Lindner entsetzt. „Wir werden ersticken."
„Scusi, Signorina, no pericolo", sagte er und zeigte auf die Lüftungsöffnung in der Decke.
„Dann werden wir verdursten!"
„No, no, so schnell verdurstet man nicht. Vielleicht es ist etwas unbequem, aber nicht gefährlich. Wenn Sie das kleine Schmuckstück festmachen unten an der Strebe, können Sie sogar sitzen. Scusi, Signorina, scusi, Signore, denken Sie daran, hier ist es besser als für dauernd im Kühlhaus, non è vero?"
Während die beiden auf dem Boden kauerten und noch damit beschäftigt waren, eine erträgliche Position zu finden, rückte er den Stuhl in die Ecke und stieg auf ihn. Aus seiner Manteltasche holte er ein metallen aussehendes Klebeband und umwickelte den Bewegungsmelder zweimal.
„Arrivederci, Signorina, arrivederci, Signore."
Dann fiel die Tresortür zu. Die Plastiktüte stand jetzt nicht mehr im Regal. Vera Lindner und Ernst Korschenbroich waren allein. Draußen leuchtete neben der Tresortür ein rotes Lämpchen und zeigte an, daß die Zwangsbelüftung defekt war.

2

Er ließ die Tür hinter sich ins Schloß fallen und reihte sich in den Strom der Fußgänger ein. Niemand nahm Notiz von ihm. Alle hasteten und hetzten vorbei, als dulde nichts Aufschub. Von der vielgerühmten rheinischen Gemütlichkeit war um ihn herum nichts zu spüren. Nur wenige Leute verweilten vor den vier Chilenen, die gegenüber der Grünen Ladenstraße im Halbkreis um einen auf dem Boden liegenden braun-beigen Poncho standen und als Gegenleistung für ihr Panflöten- und Gitarrenkonzert auf etwas Kleingeld hofften. Schräg gegenüber, vor dem Bergischen Früchtehaus, wo eine dralle, wohlgeformte Blondine mit einem hübschen Gesicht sich lautstark in der Art einer italienischen Marktschreierin bemühte, Bananen und Apfelsinen vor dem Verfaulen in den eigenen Regalen zu bewahren, drängten sich jung und alt, um auf dem Heimweg noch ein Schnäppchen zu machen.

Plötzlich stockte ihm der Atem. Ein Polizeiwagen bog mit Blaulicht und Sirene aus der Straße an der Hauptpost und stoppte direkt vor dem Kaufring. Zwei Uniformierte sprangen heraus. Seine Schrecksekunde dauerte nur wenige Zehntel. Dann drehte er sich um. Der Weg zurück Richtung Laurentiuskirche war noch frei. Auch zur Grünen Ladenstraße konnte er noch. Sollte er sofort losrennen? Was aber, wenn sie dort auch schon zugemacht hatten? Hatte einer der umliegenden Läden einen Hinterausgang? Und welcher? Sein Herz pochte heftig im Hals, sein Gehirn arbeitete fieberhaft. Er verfluchte sich, daß er diese Fluchtmöglichkeit nicht geprüft hatte. Er war zu sicher gewesen, daß alles gutgehen würde. Jetzt war es dafür zu spät. Jetzt mußte er sich entscheiden und auf sein Glück vertrauen. Wie dicht waren sie schon an ihn heran? Hatte er überhaupt noch eine Chance? Als er wieder nach

vorne sah, auf den Polizeiwagen, waren die beiden Beamten verschwunden. Nur der Polizeiwagen stand noch da.
Er drehte den Kopf etwas nach rechts. Vor dem Eingang des Kaufrings hatte sich eine dichte Menschentraube gebildet. Jeder versuchte, durch die Glastüren einen Blick ins Innere zu werfen. Es herrschte ein Gedränge wie beim Schlußverkauf. Mein Gott, durchfuhr es ihn, das galt nicht mir. Der Polizeieinsatz gilt nicht mir! Er wischte sich mit der Hand den Schweiß von der Stirn. Vor seinen Augen flimmerte es. Dann hatte er sich wieder in der Gewalt. Wahrscheinlich ein Ladendieb, dachte er, der dem Kaufhausdetektiv Gegenwehr geleistet hat. Armes Schwein.
Er mußte sehen, daß er weiterkam. Er umkurvte den Polizeiwagen und ging schnurstracks auf den neueröffneten Peek und Cloppenburg zu. Ohne im Schritt innezuhalten, betrat er durch die leichtgängigen Schwingtüren das Kaufhaus, das er sich ausgeschaut hatte, seinen Coup reibungslos abzuschließen. Ohne einen Blick für die Pullover und Hemden auf den Warentischen eilte er durch die schmalen Gänge und fuhr mit einer der Rolltreppen in das Obergeschoß. Dort verschwand er hinter einer Tür, deren Aufschrift signalisierte, daß hier nur Männer Zutritt haben sollten.
Etwa zwanzig Minuten später verließ ein drahtiger Mittvierziger in einem leicht verknitterten Trenchcoat und einer schwarzen Nylontasche über der Schulter mit beschwingtem Gang die Herrentoilette. Niemand konnte ihm ansehen, das mehr hinter ihm lag als bloß diese Tür.

3

Was kann ich für Sie tun?" Polizeihauptmeister Heinz Hauser blickte nicht von seiner Akte auf.
„Ich möchte eine Vermißtenanzeige aufgeben."
„Wen vermissen Sie?" Geschäftig drehte sich Hauser auf seinem Stuhl zu einem riesigen Schrank mit Papierbögen. Zielsicher griff er ein Formular und legte es auf den Schreibtisch.
„Meinen Sohn. Er ist heute nachmittag nicht nach Hause gekommen."
„Name?"
„Korschenbroich, Martha Korschenbroich."
„Ihr Sohn, wie heißt Ihr Sohn?"
„Auch Korschenbroich, Ernst Korschenbroich."
„Und wie alt ist der Kleine?"
„Dreiundvierzig."
„Wie bitte?" Zum erstenmal, seit Martha Korschenbroich die Wache betreten hatte, sah Hauser sie an. Er zog seine Stirn in Falten. Die Enden seines überdimensionalen Zwirbelschnäuzers zuckten dabei auf und ab.
„Mein Ernst ist dreiundvierzig."
Hauser hatte schon viel erlebt. Deshalb hatte er wenig Mühe, die Fassung zu behalten.
„Dreiundvierzig? In einem solchen Fall nehmen wir keine Vermißtenanzeige auf. Ihr Sohn ist erwachsen. Wahrscheinlich ist er bei seiner Freundin oder in einer Kneipe."
„Niemals! Ernst hat noch keine Freundin. Und trinken tut er bei mir. Ich kauf ihm doch alles. Er ist sonst immer so pünktlich, mein Ernst. Wenn er sich mal verspätet, dann ist der Verkehrsverbund schuld. Nein, nein, da muß was passiert sein. Sie müssen ihn suchen."
„Machen Sie sich mal keine Sorgen", beruhigte sie Hauser, „er wird bestimmt noch nach Hause kommen. Was meinen Sie,

wie viele Männer jeden Freitagabend spurlos verschwinden? Die tauchen dann verkatert am nächsten Tag bei ihren Familien wieder auf."

„Mein Ernst macht so was nicht. Normalerweise hätte er schon längst zu Hause sein müssen. Gerade am Freitagnachmittag wird der Bankschalter pünktlich geschlossen. Er hatte sich auch nichts vorgenommen. Das hätte er mir gesagt."

Hauser ließ Martha Korschenbroich reden. Alter Erfahrungssatz: Reden lassen, damit die Luft rauskommt. Die meisten werden dann von allein wieder vernünftig.

„Wissen Sie, ich habe schon viele Krisen erlebt. Den Krieg, den Schwarzmarkt, den Wiederaufbau als Trümmerfrau, den Tod meines Friedrich, mein verstorbener Mann, müssen Sie wissen, im letzten Jahr dann Hansi, unser Kanarienvogel. Jetzt habe ich nur noch Ernst. Um halb acht heute morgen hat er wie immer die Wohnung verlassen und ist zur Bushaltestelle an der Gronauer Kirche gegangen und mit dem 436er in die Stadt gefahren. Heute mittag hat er angerufen. Da war noch alles in Ordnung. Und dann habe ich pünktlich um fünf Uhr den Kaffee fertiggehabt, aber mein Ernst ist nicht gekommen, obwohl seine Bank wie auch die anderen Banken längst schon geschlossen hat. Mein Ernst ist nämlich bei der Deutschen Bank, müssen Sie wissen, Hauptkassierer. Da muß etwas passiert sein, wenn er nicht kommt. Sie müssen ihn suchen lassen, unbedingt. Dafür sind Sie doch da!" Martha Korschenbroich holte nicht nur Luft, sondern sie schwieg jetzt tatsächlich. Die Flüssigkeit in ihren Augen schimmerte.

„Liebe Frau, äh, ja, Frau Korschenbroich, jetzt machen Sie sich mal keine Sorgen. Ihr Ernst wird schon wieder auftauchen, gesund und wohlbehalten. Ich würde Ihnen ja gerne helfen. Aber Erwachsene suchen wir nur, wenn Freitodabsichten anzunehmen sind oder Anhaltspunkte für ein Verbrechen vorliegen. Das sind die Vorschriften. Ich muß mich daran halten. Stellen Sie sich vor, wir würden jeden suchen, der sich mal verspätet. Lever Jott, da würde sich die Unterwelt aber freuen, daß wir für sie überhaupt keine Zeit mehr hätten. Nein, das geht nun wirklich nicht. Oder hat Ihr Sohn schon mal erwähnt, er wolle sich das Leben nehmen?"

„Natürlich nicht. Unsinn. Er hat es doch gut bei mir. Und deshalb bestehe ich darauf, daß Sie ihn suchen. Ich bin jetzt einundsiebzig und habe noch niemals die Polizei beansprucht, obwohl ich immer pünktlich meine Steuern zahle. Völlig pünktlich. Und jetzt, wo ich einmal Hilfe brauche, kommen Sie mir mit irgendwelchen Vorschriften und wollen mir nicht helfen!"

Martha Korschenbroich schniefte und schaute dem schnauzbärtigen Polizisten mit einer Mischung aus Ärger und Hilflosigkeit ins Gesicht.

Verschroben, völlig verschroben, dachte Hauser. Trotzdem fühlte er sich nicht wohl in seiner Haut. Seine Mutter wäre wahrscheinlich genauso, wenn er noch zu Hause wohnen würde. Er schüttelte sich innerlich bei diesem Gedanken. Woher sollte ausgerechnet er wissen, wo dieses Muttersöhnchen sich gerade herumtrieb? Wahrscheinlich hatte er von deren Betuttelei die Schnauze voll und machte ganz einfach einen drauf.

„Gehen Sie auch schon mal zu einem Kaffeeklatsch, äh, also, ich meine, zu einem, äh, na, Kaffeekränzchen, Frau Korschenbroich?" Seine Zweifel, ob ihm das Lächeln gelungen war, waren unbegründet.

„Aber ja. Meine Nachbarin kennt so gute Kuchenrezepte. Die lädt mich häufiger ein. Und meine Freundin in Kalk weiß immer so viel zu erzählen, von der Kwien und der Lädi Die, als die noch lebte, und so."

„Wird es denn da manchmal auch später?"

„Sie sind gut! Wenn wir erzählen, gucken wir nicht auf die Uhr. Ernst schimpft immer, wenn ich ihm noch kein Abendessen gemacht habe. Aber meistens habe ich schon etwas hingestellt für ihn, wenn er nach Hause kommt."

„Na, sehen Sie, Frau Korschenbroich. Und jetzt stellen Sie sich vor, Ihr Ernst würde Sie bei der Polizei vermißt melden, während Sie mit Ihrer Freundin über die europäischen Königshäuser sprechen. Das wäre ja wohl ein Ding, oder?“
„So einen Blödsinn macht Ernst nicht. Er weiß, daß seine Mama auf sich selber aufpassen kann.“
„Vielleicht denkt Ihr Ernst das auch gerade“, gab Hauser zu bedenken.
„Mein Ernst? Das meinen Sie doch nicht im Ernst?“
„Ihr Sohn ist doch erwachsen. Der käme sich ziemlich dumm vor, wenn die Polizei nach ihm suchen würde.“
„Und wenn aber doch etwas passiert ist?“
„Ich mache Ihnen einen Vorschlag, Frau Korschenbroich. Wenn er morgen früh noch nicht da sein sollte, was ich aber nicht glaube, dann kommen Sie wieder, und wir nehmen eine Vermißtenanzeige auf. Einverstanden?“ Hauser war gerade eingefallen, daß dann Becker Dienst haben würde. Gerade der Richtige für diesen Fall, denn der wohnte auch noch bei seiner Mutter.
„Wenn Sie meinen. Hoffentlich ist es dann nicht schon zu spät.“
„Ganz bestimmt nicht, Frau Korschenbroich. Sie werden sehen, Sie haben sich ganz umsonst Sorgen gemacht.“

4

Vergiß es, Karl, du kannst in dieser Lampe keine Kamera installieren, ohne daß es jemand merkt."
„Aber die Position ist gut, oder?"
„Sie ist gut. Trotzdem."
„Also brauchen wir bloß eine andere Lampe, ja?"
„Die muß aber eine ganze Ecke größer sein."
„Kommen wir mit drei Lampen für den ganzen Schalterraum hin?"
„Warte. Vier wären besser."
„Okay, also vier neue Lampen. Such was aus, was zum Interieur paßt, und sieh zu, daß am nächsten Freitag abend alles installiert wird. Halt, nächsten Freitag geht nicht, da machen wir Revision. Könnt ihr auch samstags?"
„Für dich immer, Karl."
„Sag mal, hast du nicht auch etwas gehört?"
„Klang wie Husten."
„Still!"
„Da klopft jemand."
„Es scheint von dahinten zu kommen, oder?"
„Ich weiß nicht."
„Komm mit und sei leise."
Sie bewegten sich auf Zehenspitzen. Je näher sie dem Tresor kamen, desto deutlicher wurden die Geräusche.
„Es kommt aus dem Tresorraum."
„Das gibt's doch nicht!" Karl Maschmeyer wies mit der Hand auf die Stahltür, in der zwei Schlüssel steckten. Trotz des Flüstertones war seine Überraschung herauszuhören.
„Laß uns die Polizei rufen!"
„Meinst du, ich kann Skandal gebrauchen?" Er zog vorsichtig an dem Metallkreuz. „Mensch, die Tür ist zu. He, ist da jemand?"

„Gott sei Dank, laßt uns raus hier, wir ersticken."
Mit einem Ruck schlug Maschmeyer das Drehkreuz um und zog die Tür auf.
„Korschenbroich, Lindner! Was geht hier vor?"
Korschenbroich hustete ihm endlos lange entgegen, wobei die Handschellen metallischen Takt schlugen. Dann krächzte er nur zwei Worte: „Luft, Chef."
Für einen Bankdirektor reagierte Maschmeyer ausgesprochen schnell. Er riß sich sein Jackett von den Schultern und schleuderte es wie einen Propeller durch die Luft, bis ihm der Arm lahm wurde.

5

Kascheck stand neben der Tresortür und gähnte. Wieder ein Wochenende kaputt. Er schaute zu seinen neuen Kollegen hinüber, die gerade mit einer Bankangestellten aus der Teeküche kamen. „Irgend etwas Besonderes?"

„Nein, Chef. Scheint alles reibungslos abgelaufen zu sein." Werner Morsch hatte seine Hände in den Hosentaschen vergraben.

„Bis auf die Lüftung, was?"

„Ja, die beiden hatten verdammtes Glück. Wieso war der Maschmeyer eigentlich hier?"

„Neue Lampen. Angeblich verderben seine Angestellten sich die Augen. Wenn ich Chef einer Bank wäre, wüßte ich Freitagnacht was besseres mit meiner Zeit anzufangen."

„Hallo, Gerd. Was machst du denn hier? Doch Tote? Oder haben die Kölner dich nach Bergisch Gladbach abgeschoben?" Kascheck drehte sich um und blickte in ein offenherzig lächelndes Gesicht.

„Abgeordnet, Uwe, nur abgeordnet. Obwohl ‚abgeschoben' besser trifft. Zur Zeit sterben in Köln alle im Bett. Euer neuer Polizeichef hat im Innenministerium gejammert, daß in Gladbach das Verbrechen tobe und er viel zuwenig Personal habe. So bin ich hierher gekommen. Und schon das erste Wochenende ist kaputt. Da wär ich besser in Köln geblieben. Und du? Wieder mal Fingerabdrücke abkleben?"

„Wenn ihr noch welche übriggelassen habt." Uwe lachte.

„Du wirst es schon rausfinden. Los, an die Arbeit. Und wenn du nicht die richtigen Spuren findest, kannst du wieder Streife fahren." Er schlug ihm freundschaftlich auf die Schulter.

„Morsch, hol mir doch mal die Linder und nimm dir mit Gerschner diesen Kassierer vor. Aber paß auf, daß er nicht nach Verkehrszeichen fragt."

„Lindner, Chef, Lindner. Und Gerschner gibt sich wirklich Mühe, sich zurechtzufinden. Schließlich wollen auch Verkehrspolizisten mal befördert werden."
„Wer als Durchläufer dauernd seinen Chef kritisiert, wird nie befördert, merk dir das. Und jetzt zisch ab, du Grünschnabel."
Trotz seines rüden Tons mochte er Morsch. Er war sicher, daß der Junge seinen Weg machen würde.
„Möchten Sie?" Kascheck hielt Vera Lindner eine geöffnete Packung Marlboro hin. Er hatte immer eine dabei, obwohl er schon lange mit dem Rauchen aufgehört hatte.
„Nein danke, ich rauche nicht. Aber einen Kaffee könnte ich gut vertragen. Ich fühle mich ziemlich fertig."
Kascheck schob ihr seine Tasse rüber. „Ich hab noch nicht getrunken."
Zum Glück war der Inhalt schon abgekühlt, sonst hätte sie der Riesenschluck, den sie nahm, sprechunfähig gemacht.
„Gab es noch jemanden, der den Täter gesehen hat?"
„Korschenbroich natürlich. Aber das wissen Sie ja schon. Sonst niemand."
„Keine Kunden?"
„Das ist mir nicht aufgefallen. Ich glaube, er stand lange allein am Stehpult. Erst dann kam er zu mir."
„Überlegen Sie genau. Die kleinste Spur kann uns weiterhelfen. Wann ist er Ihnen aufgefallen?"
„Direkt als er die Bank betrat. Es ärgerte mich, daß so kurz vor Geschäftsschluß noch ein Kunde zu bedienen war. Moment, da fällt mir noch was ein. Kurz bevor er hereinkam, verließ eine Kundin die Bank. Die beiden müssen sich die Klinke in die Hand gegeben haben. Es kann sein, daß sie ihn gesehen hat."
„Na, sehen Sie. Und wer war die Kundin?"
„Sie kommt öfter. Meist geht sie direkt zur Kasse und läßt sich Geld auszahlen. Ich hatte mit ihr noch nicht zu tun. Da müssen Sie Korschenbroich fragen. Er kennt sie bestimmt."
„Ach?"

„Ja, alle Frauen, die zu ihm an die Kasse kommen, scheint er zu kennen. Sie müssen wissen, daß er in bezug auf Frauen etwas, wie soll ich sagen, na, halt seltsam ist. Wohnt noch bei seiner Mutter. Auf Frauen ist er ganz scharf. Wie er die immer anguckt. Aber der hat bestimmt noch nie, also, ja, Sie wissen schon. Aber von mir haben Sie das nicht gehört. Immerhin sind wir Kollegen, ja? Bitte!"

„Selbstverständlich. Danke für die Information." Kascheck zog eine Visitenkarte aus seiner Jackentasche. Handschriftlich ergänzte er seine neue Gladbacher Rufnummer. „Für alle Fälle. Sollte Ihnen noch etwas einfallen, rufen Sie uns an."

In diesem Moment betrat Ernst Korschenbroich die Teeküche. Mit der verknitterten Hose, dem durchgeschwitzten Hemd und den Bartstoppeln im Gesicht hatte er die vertrauenerweckenden Insignien eines Kassierers verloren.

„Entschuldigung", wandte er sich an Gerschner, der sich gerade einen Kaffee nahm. „Darf ich mal zu Hause anrufen, damit man sich keine Sorgen macht?"

„Selbstverständlich. Nur zu."

Korschenbroich setzte sich auf einen Stuhl, der neben dem Fenster stand. Seine Augen bewegten sich nervös von Gerschner zum Telefon und wieder zurück. Als Gerschner keine Anstalten machte, den Raum zu verlassen, nahm er zögernd den Hörer und wählte.

„Ja, ich bin es, Ernst. Ja, ich weiß, wie spät es ist. Nein, Mama, mir ist nichts passiert. Wo ich bin? Immer noch in der Bank. Ja. Mach dir keine Sorgen. Ich komme bald nach Hause. Dann erkläre ich dir alles. Tschüß. Bis dann, Mama. Ja. Nein. Ich kann jetzt nicht. Bis dann." Korschenbroich wandte sich wieder Gerschner zu und rückte verlegen an seiner Brille herum. „Das war, das war meine Mutter. Sie hatte seit gestern nachmittag auf mich gewartet." Er stand auf.

„Bleiben Sie doch bitte noch einen Augenblick, wir haben noch ein paar Fragen an Sie."

Korschenbroich richtete seine Brille nochmals auf der Nase, atmete tief ein und aus und nahm erneut Platz.

„Wann ist Ihnen der Täter zum ersten Mal in der Bank aufgefallen?“ fragte Gerschner.

„Ja, das würde uns auch interessieren“, sagte Kascheck, der zusammen mit Morsch durch die Tür trat.

„Ja, also als er sich mit Frau Lindner unterhalten hatte. Ich konnte zwar nichts verstehen, glaubte aber zu erkennen, daß die beiden ein Problem hatten. Ja und dann kamen beide auch schon zu mir herüber.“

„Gab es noch andere Kunden in der Bank?“

„Zu dieser Zeit nicht mehr. Vorher hatten wir den üblichen Freitagnachmittagsansturm. Viele wollen sich noch vor dem Wochenende mit Bargeld versorgen.“

„Wir meinen Kunden, die diesen Italiener gesehen haben könnten“, hakte Kascheck nach.

„Das kann nur die Kundin gewesen sein, die unmittelbar vor dem Bankräuber an der Kasse war.“

„Wissen Sie, welche Kundin das war?“

„Aber ja. Ich kenne fast alle meine Kundinnen. Wenn man so lange im Kassengeschäft ist wie ich. Unter Männern kann man das ja sagen: Da gibt es einige, die sind ganz schön scharf. Die, die sie meinen, die hat ein Paar Beine. Oh Mann, ich sag's Ihnen, die gehen bis zum Po.“ Korschenbroichs Stirnfalten glätteten sich, während Morsch kurz darüber nachdachte, wo bei anderen Menschen die Beine enden und ob es da irgendetwas gäbe, was er noch nicht wußte.

„Ich schreib Ihnen Namen und Adresse auf.“ Korschenbroich zog einen silbernen Kugelschreiber aus seinem Sakko. Klein, aber trotzdem deutlich war auf ihm das Logo der Deutschen Bank erkennbar.

„Sie kennen die Anschrift der Kundin auswendig?“ fragte Morsch erstaunt. Er wußte, daß Bankangestellte ihre Kunden häufig mit deren Kontonummer begrüßen konnten. Daß Kor-

schenbroich zudem auch die Adresse im Kopf hatte, grenzte seiner Ansicht nach an Gedächtnisakrobatik.
„Ich kenne natürlich nicht alle Anschriften. Aber bei solchen Frauen“, Korschenbroich lachte, „sind sie mir geläufig. Die Verena van Denbroek würden Sie auch nicht von der Bettkante schubsen. Warten Sie ab, bis Sie sie gesehen haben.“
Für jemanden, der noch bei seiner Mutter wohnt, ganz schön forsch, dachte Morsch. Und Kascheck überlegte, ob er sein Bild von Bankangestellten revidieren sollte.

6

Franz Sternburg gähnte, ohne die Hand vor den Mund zu halten, und räkelte sich in dem weichen Satin. Verena war noch im Bad. Er hörte das Rauschen der Dusche. Sie hatte noch geschlafen, als er gekommen war. Obwohl er sie ganz vorsichtig wachgeküßt hatte, war sie zuerst erschrocken.

„Du kannst einem einen ganz schönen Schrecken einjagen", hatte sie lachend gejapst, als sie ihn erkannte. Ihre vollen Brüste hatten sich gehoben und gesenkt unter der fast durchsichtigen, rosé getönten chemise de nuit, und als er sie an sich drückte, hatte er die Spitzen ihrer Knospen durch seinen Jackettstoff hindurch gespürt. „Nein, noch nicht", hatte sie ihn abgewehrt, „ich möchte mich erst frisch machen. Und dann möchte ich auch erst einen Kaffee."

„Würdest du auch damit vorlieb nehmen?" hatte er gefragt und eine Flasche Pommery nach oben gehalten.

„Weil du es bist und ehe du mich schlägst, gezwungen, notgedrungen", hatte sie gelacht, dann hatte sie sanft seine um sie geschlungenen Arme gelöst und war mit einem Satz aus dem Bett gesprungen.

Er hatte aus der Küche zwei Gläser geholt, hatte sich dann ausgezogen und in das noch warme Bett gelegt. Die Zeitung, die im Briefkasten steckte, hatte er auch gleich mitgebracht. Doch bevor er sie las, rief er noch im Büro an.

„Guten Morgen, Mausi. Streichen Sie alle meine Termine heute morgen. Konsul Berz hat mich im Auto erwischt und dringend um Konsultation gebeten. Teuchert soll den Termin um zwölf mit Meiers wahrnehmen, alles Notwendige besprechen und zwischendurch mit ihm eine Kleinigkeit essen gehen. Ich komme dann spätestens um drei dazu und mache die Feinarbeit. Was? Ja, nein, nicht heute. Verschieben Sie es auf nächste Woche. Ja, ich bin jetzt für niemanden zu sprechen, auch nicht für Teuchert. Ja, gut, danke Mausi."

Friederike saß jetzt im Intercity und würde in das Buch versunken sein, das er ihr für die Fahrt gekauft hatte. Bis Mittwoch hatte er Ruhe. Franz Sternburg legte den Briefumschlag mit seiner monatlichen Unterstützungszahlung wie immer in die Nachttischschublade und nahm die Zeitung von Verenas Kopfkissen. „Dreister Bankraub – Mafia in Bergisch Gladbach?" lautete heute die Schlagzeile. Daneben ein etwas unscharfes Bild, das einen älteren Mann zeigte, der die rechte Hand in der Manteltasche hatte und mit der linken auf irgend etwas zeigte, was nicht mehr im Bild zu sehen war. Im Hintergrund waren zwei weitere Personen zu erkennen. Franz Sternburg überflog den Artikel und vertiefte sich dann in den Sportteil.

„Na, du hast es dir ja schon gemütlich gemacht!" rief Verena van Denbroek von der Badezimmertür aus. Sie hatte das Nachthemd mit einem Negligé vertauscht, das fast genauso durchsichtig war. Trotz ihrer siebenunddreißig Jahre wirkte sie immer noch wie ein Model. Auf langen, wohlgeformten Beinen saß ein schlanker Körper mit einladenden Hüften und festen Brüsten. Ihre hellbraune Haut war straff und feinporig wie die einer Neunzehnjährigen. Blondes, gelocktes Haar umrahmte ihr ovales Gesicht.

„Komm her, mein Rauscheengel", rief Franz Sternburg. Er faltete die Zeitung zusammen, warf sie geschickt auf den freien Stuhl vor dem dreiflügeligen Kristallspiegel neben der Tür zum Flur und griff zum Champagner. Geschickt entfernte er die Goldfolie, löste den Draht und ließ den Korken so langsam aus dem Flaschenhals gleiten, daß es keine Überschwemmung gab. Dann füllte er beide Gläser und reichte eines Verena van Denbroek, die sich neben ihm auf das Bett gesetzt hatte. „Darauf, daß jede Woche so beginnen sollte, mein Schatz", rief er, und stieß sein Glas so schwungvoll gegen das ihre, daß es überschwappte.

„So macht dein Übermut alle Vorsicht beim Öffnen wieder zunichte", lachte sie und wechselte das Glas in die trockene linke Hand.

„Ich mach es wieder gut", sagte Sternburg, und als sie beide einen kräftigen Schluck genommen hatten, nahm er ihre rechte Hand und versuchte, die kleinen Tropfen mit seiner Zunge aufzunehmen. Sie stellte ihr Glas neben dem seinen auf dem Nachttisch ab und strich ihm mit der linken Hand über das schon merklich gelichtete Haar.

„Das kitzelt", rief sie, als seine Zunge in ihrer Armbeuge angelangt war, „und außerdem findest du da keinen Schampus mehr." Aber sie wußte, daß er das wußte, und daß er auf einer ganz anderen Suche war, und Franz Sternburg wußte, daß sie das wußte. Als er an ihrer Schulter angelangt war und den Ärmel des Negligés nicht weiterschieben konnte, zog er es ihr einfach über den Kopf. Sie half mit, indem sie auch den linken Arm nach oben streckte. Sie verlor das Gleichgewicht und fiel zur Seite, aber er hatte damit gerechnet und ließ sie an seinem Arm langsam auf das Bett gleiten. Dann setzte er mit seiner Zunge seine Erkundungen fort. „Welch ein Morgen", dachte er kurz, dann hörte er auf zu denken. Das letzte, was er bewußt wahrnahm, war Verenas heftiger werdender Atem und ihr leiser Schrei, als er in sie eindrang.

„Es war schön." Sie schaute ihn versonnen an. „Warum kann das nicht immer so sein?"

„Verena, Liebste, laß uns genießen, was wir haben. Laß uns nicht wieder diskutieren, was wir gegenwärtig nicht ändern können."

„Was du nicht ändern willst, meinst du."

Er richtete sich auf und ließ seinen Blick über das völlig verwühlte Bett gleiten. „Warum mußt du immer wieder davon anfangen?"

„Aber ich sage ja gar nichts."

„Du weißt, ohne Friederike kein Betrieb, ohne Betrieb kein Geld." Wenn er Friederike verließ, ja schon dann, wenn sie von seinem Verhältnis zu Verena wüßte, wäre das das Ende seiner Karriere. Er machte sich nichts vor. Ohne Teuchert müßte er einpacken, und ohne Friederike wäre er niemals Teucherts Chef. Aber er war Teucherts Chef, er war Friederikes Ehemann, und er war gut im Bett. So hatte er Friederike an sich gebunden und auch Verena. Aber ohne Friederikes Geld würde er Verena nicht halten können.

„Ja, vielleicht ist es besser so." Ihm war, als ob sie seine Gedanken gelesen hätte.

Er schenkte beide Gläser voll und reichte eines Verena. „Du kannst eine kleine Erfrischung sicher genauso brauchen wie ich. Auf unseren fröhlichen Wochenbeginn." Diesmal stieß er noch heftiger gegen ihr Glas und wurde selbst ziemlich naß. Verena kannte den Aufforderungscharakter seiner absichtlich unabsichtlichen Handlungen. Sie schätzte diese Art, die alles im Spielerischen beließ und eines aus dem anderen entwickelte. Franz Sternburg war nicht ihr einziger Freund, aber der einzige, mit dem es wirklich ein Vergnügen war. Sie nahm einen kleinen Schluck und drückte ihm ihr Glas in die Hand. Er stellte beide Gläser ab, legte sich zurück und ließ geschehen, was sie mit ihm machte.

Als er wieder zu sich kam, schaute er auf die Uhr. Es war kurz nach elf. Er war schweißgebadet, fühlte sich glücklich, aber auch ein wenig erschöpft. Verena lag neben ihm und hatte sich die Bettdecke halb übergezogen. Er beugte sich zu ihr und küßte sie. Wenn er jetzt duschte, während Verena ihm einige kleine Schnittchen zubereitete, dann konnte er in Köln noch für den neuen Blauen Maß nehmen lassen und um drei in der Firma sein. Rechtzeitig, um Friederikes Anruf entgegenzunehmen, mit dem sie ihre gute Ankunft in Baden-Baden mitteilen würde und wie sehr sie ihn schon jetzt vermißte. Teuchert und Meiers konnten ruhig noch einige Minuten länger auf ihn warten.

„Du mußt gehen?" Aus Verenas Tonfall sprach eher eine Feststellung als eine Frage.

„Du weißt, daß ich viel lieber bleiben würde. Obwohl, wer weiß, wie lange ich das durchhielte. Ich bin ja schließlich keine achtzehn mehr!“

„Wie mußt du erst als Achtzehnjähriger gewesen sein, wenn du mich mit deinen fünfundzwanzig schon so erschöpfst.“

Beide lachten.

„Machst du mir eine Kleinigkeit zu essen, während ich dusche?“

„Wie immer?“

„Wie immer, aber bitte keinen Käse heute.“ Sternburg stand auf und ging ins Bad. Sie blickte ihm nach. Für seine fast fünfzig Jahre war er eine wirklich noch immer sehr athletische Erscheinung. Sie war froh, daß sie ihn kennengelernt hatte. Von hinten hatte er sogar einige Ähnlichkeit mit ihrem verstorbenen Mann.

Während sie in der Küche mechanisch die Brote belegte, begann sie, die Zeitung zu lesen. Da Sport sie nicht interessierte – jedenfalls nicht in der Zeitung, weil sie fand, daß Sport mit Bewegung zu tun haben müßte und nicht mit stehenden Buchstaben –, faltete sie das Papier wieder in seine ursprüngliche Reihenfolge zurück. Ihr Blick blieb an der Schlagzeile und dem Bild auf der Titelseite haften. Sie schaute genauer hin. War das nicht der Mann, mit dem sie fast zusammengestoßen wäre? Tatsächlich. Beinahe hätte sie aufgeschrien. Sie hatte den kleinen Zwischenfall schon fast vergessen, obwohl sie schon am Freitag das seltsame Gefühl gehabt hatte, daß irgend etwas Besonderes mit diesem Mann gewesen war. Sie las den Bericht. Unglaublich, diese Geschichte. Aber das war es nicht, was sie damals berührt hatte. Das konnte es nicht gewesen sein, denn wie hätte sie wissen sollen, was er vorhatte. Sie glaubte nicht an einen sechsten Sinn. Nicht mehr. Auf ihrer Hochzeitsreise hatte damals eine Wahrsagerin ihrem Mann und ihr eine lange, harmonische Ehe prophezeit. Zwei Jahre später stand ein Polizist vor der Tür und teilte ihr mit, daß ihr Mann tödlich verunglückt sei. Nein, niemand konnte in die Zukunft sehen. Aber woher kam dann nur dieses unbestimmte Gefühl? Sie hätte schwören können, daß sie den Mann auf dem Bild vor diesem Freitag noch nie gesehen hatte, und doch kam es ihr irgendwie so vor, als ob sie ihn kennen würde.

Sternburg kam die Treppe herunter. Seine Haare waren noch feucht. Wenn er konnte, vermied er das Föhnen. Wahrscheinlich, weil er mal irgendwo gelesen hatte, es würde Haarausfall fördern. Sein dunkelblauer Zweireiher war aus feinstem Zwirn, maßgeschneidert, und er fiel tadellos. Die rote, nicht zu auffällige Krawatte hatte er noch nicht zugezogen. Wie ein Ehemann, der vor dem Weg ins Büro schnell noch zu Hause frühstückt, dachte sie, aber sie sagte etwas ganz anderes. „Am Freitag wurde die Deutsche Bank in der Fußgängerzone überfallen . . ."

„Ich hab's gelesen", fiel er ihr ins Wort. „Wirklich, ein tolles Ding. Aber ich muß los."

„Ich war am Freitag dort. Am Nachmittag."

„Meine Güte. Ein Glück, daß sie dich nicht als Geisel genommen haben. Kannst du mir die Schnitten einpacken? Ich esse sie im Auto."

Das mit der Geiselnahme hatte er wie geistesabwesend gesagt. Er war, das fühlte sie, eigentlich schon fort. Sie verschluckte, was sie ihm eigentlich noch hatte sagen wollen, daß sie nämlich dem Bankräuber vor der Bank Auge in Auge gegenübergestanden hatte und daß er ihr irgendwie bekannt vorkam. Aber darauf verzichtete sie jetzt. Sternburg hätte es doch nicht aufgenommen. Sie konnte es ihm auch später noch sagen. Schnell packte sie die Brote zusammen. Zum Abschied küßte er sie kurz auf den Mund, zog die Krawatte zu, nahm die Brote und ging zur Tür.

„Ich rufe an", sagte er noch kurz. Dann fiel die Tür ins Schloß. Verena blieb zurück und grübelte. Nicht über Franz Sternburg. Dessen Abschiedsverhalten war sie gewohnt. Verena van Denbroek dachte über den Bankraub nach.

7

Peter Teuchert verließ seine Eigentumswohnung „In der Schlade" pünktlich um halb neun wie an jedem Werktag und nahm trotz seiner sechsundvierzig Jahre die siebenundfünfzig Treppenstufen zur Straße des engen Tales im Laufschritt. Er blinzelte zum gegenüberliegenden Hügel hin, wo steil zum Himmel steigende Strahlen andeuteten, daß die Sonne bald zwischen den dunklen Tannen hervorkommen würde.

Teuchert liebte die Vorstellung, mitten in Deutschland auf einem Korallenriff zu wohnen, nur fünfzehn Kilometer westlich von Köln. Vor Jahrmillionen war die Schlade überhaupt kein trockenes Tal gewesen, im Gegensatz zur Bedeutung ihres Namens, sondern über und über mit Meerwasser bedeckt. Im Laufe der Zeit hatten sich aus Korallen und anderen Tierresten mächtige Riffe aufgebaut. Sie blieben zurück, als sich das Meer zurückzog. In den schwülwarmen Sommermonaten, wenn das Klima hier subtropischen Charakter annahm und man in manchen Nächten erst in den frühen Morgenstunden Schlaf fand, saß er oft stundenlang allein auf dem Balkon und träumte von einer Hazienda im Süden Brasiliens oder wenigstens in Portugal. Das zugehörige Meeresrauschen holte er sich einstweilen noch von einer CD.

„Guten Morgen, Herr Teuchert. Es wird ein guter Tag heute. Endlich Sonne." Waldner hatte eine Wohnung im Erdgeschoß und war der einzige der Nachbarn, mit dem Teuchert hin und wieder ein paar Worte wechselte.

„Ja, zum Glück. Es wird auch Zeit. Trübe war es jetzt lange genug." Teuchert ging weiter. What a lovely day today. Mein Gott. Wer wußte schon, ob es wirklich ein guter Tag werden würde. Er schloß die Wagentür seines roten Honda auf und startete. Hatte er es nicht geahnt? Wieder brauchte er drei

Versuche, bis der Motor ansprang. Er mußte unbedingt noch einmal in die Werkstatt. Sonst konnte er demnächst noch zu Fuß gehen. Er trat den Gashebel durch. Der Motor heulte auf, und als er die Kupplung etwas zu schnell kommen ließ, raste der Wagen mit quietschenden Reifen los.

Einen solche Satz nach vorn hätte er in der Fertgen-Chemie auch gerne mal gemacht. Statt dessen bewegte er sich im Schneckentempo vorwärts, wenn überhaupt, trotz aller Anstrengungen. Sechzig Wochenstunden waren die Regel, oft waren es auch mehr. Auf viele Annehmlichkeiten des Lebens hatte er verzichtet, seine Beziehungen zu Frauen hatte er im Interesse seiner Karriere auf vereinzelte Abenteuer beschränkt. Dann war plötzlich dieser arrogante Sternburg auf der Bildfläche erschienen und hatte alle seine Pläne durchkreuzt. Er hatte die blasse und unscheinbare Friederike Fertgen im Sturm erobert. Verdammt! Beinahe wäre er gegen einen auf der anderen Seite der Kurve parkenden BMW gebraust. Er durfte sich von seinen Gefühlen nicht so mitreißen lassen. Er fuhr jetzt etwas langsamer und bog an der Odenthaler Straße ab Richtung Innenstadt.

Neben Sternburg war sie aufgeblüht, die kleine Fertgen, und er hatte sich geärgert, daß er sie zuvor nie wahrgenommen hatte. Dann wäre er heute an Sternburgs Stelle, wäre nicht nur Geschäftsführer wie Sternburg, sondern so gut wie Inhaber des Geschäfts. Denn die Tage des alten Fertgen waren gezählt, auch wenn er noch so vital auftrat. Friederike würde als einzige Tochter alles erben und damit auch Sternburg, dieser casanovanische Geck. Solange Fachwissen nicht gefragt war, machte er überall eine gute Figur und imponierte vor allem Frauen. Angeblich hatte der alte Fertgen sich lange gegen die Verbindung gewehrt. Letztlich hatte sich aber Friederike durchgesetzt. Man hatte ihn, Peter Teuchert, zu Sternburgs rechter Hand gemacht und auf diese Weise dafür gesorgt, daß die Geschäfte weiter gut liefen, während Sternburg das süße Leben genoß. Das war die Situation, alle waren zufrieden, nur er nicht. Im Gegenteil. Peter Teuchert fand, daß die Situation beschissen war.

Plötzlich mußte er heftig bremsen, denn der Wagen vor ihm war stehengeblieben, um nach links an der Gnadenkirche vorbei zum Quirlsberg abzubiegen. Als die Straße wieder frei war, zeigte die Ampel rot. Vielleicht sollte er künftig zu Fuß gehen. Oder mit dem Rad fahren. Dann wäre er auch nicht viel langsamer als mit dem Auto.

Den Gedanken an einen Wechsel hatte er immer wieder verworfen. Bei Fertgen war er wer, wenn auch zu einem in seinen Augen jämmerlichen Gehalt. Woanders hätte er zwar nicht ganz von vorne anfangen müssen, aber viel besser wäre es ihm wahrscheinlich dort auch nicht gegangen. Nein, er hatte nicht die geringste Lust, sich auf immer und ewig abzustrampeln. Aber er wußte, daß er noch eine Weile durchhalten mußte.

Wieder mußte er stoppen. „Scheiß Ampeln", fluchte er. Nächste Woche zu Bernshuber nach München würde er auf der Autobahn mal wieder so richtig auf die Tube drücken und den Wagen ausfahren. Dieses stockende Kurzstreckengezockel schadete seinen Nerven und dem Motor.

Punkt neun Uhr schritt Peter Teuchert am Pförtner vorbei. Er saß nicht in einem Glaskasten, wie in vielen Firmen üblich, sondern hinter einem schweren, halbrunden Mahagonitisch.

„Guten Morgen, Kamp. Gutes Wochenende gehabt? Geht es Ihrer Frau besser?" Teuchert fragte, obwohl die Antwort ihn nicht im geringsten interessierte.

„Guten Morgen, Herr Teuchert. Danke der Nachfrage. Ja, es geht. Das Fieber ist fast weg, aber sie ist noch schwach, natürlich."

„Wird schon werden, Kamp. Gute Besserung."

„Danke, Herr Teuchert", rief Kamp ihm nach, als er die ersten Stufen der Marmortreppe schon genommen hatte.

Edel waren bei Fertgen-Chemie nicht nur die Pförtnerloge und die Treppe, die sich vom ebenfalls mit Marmor belegten

Boden der weitausladenden Eingangshalle mit einem leichten Bogen sanft zum ersten Stockwerk schwang. Der Pförtnerloge gegenüber hing an der weißen Wand ein großer französischer Gobelin mit einem Motiv aus Bouchers Gemäldeserie über die Götterliebschaften. Ob es ein Original war oder, was nahe lag und alle vermuteten, eine sehr gute Imitation, darüber schwieg sich der Inhaber der Firma aus. Auch Teuchert wußte es nicht. „Was spielt das für eine Rolle, mein lieber Teuchert", hatte der alte Fertgen auf seine Frage geantwortet. „Die Hauptsache ist doch, es sieht gut aus, paßt an diesen Platz und macht Freude, es anzuschauen. Für viele Menschen ist Kunst nur, was einen Namen hat. Leider. Kunst ist, was schön ist, was vollkommen ist." Das war sein Begriff von Kunst, und darin ließ er sich auch von niemandem belehren. Nicht von Galeristen, die um so zahlreicher antichambrierten, je besser Fertgens Geschäfte liefen, und auch nicht von den Professoren, die sich dann und wann die Ehre gaben, im Fertgenschen Festsaal eine Einführung in eine der von Fertgen unterstützten Ausstellungen zu geben. Vehement bot der Alte ihnen Paroli, wenn sich deren Auffassungen mit den seinen nicht deckten. Wenn es zu hitzig wurde, pflegte Fertgen die Diskussion elegant mit dem Hinweis darauf zu beenden, daß man über Kunst ebenso wie über Geschmack zwar reden, sich aber niemals wirklich streiten könne, weil Kunst nämlich über jeden Streit erhaben sei.

Solche wie den gibt es heute nicht mehr, dachte Teuchert. Er bewunderte den Geschmack und die Sicherheit, mit der Fertgen die Bilder der unterschiedlichsten Stile, die an der Wand über den Treppenstufen hingen, zu einem harmonischen Ganzen zusammengefügt hatte. Ein amerikanischer Impressionist, Winslow Homer, hing dort neben dem pulsenden Volksfesttrubel im Stile eines Renoir, es folgte eine Jagdszene aus dem Großherzogtum Berg zu Ende des achtzehnten Jahrhunderts von unbekannter Hand, dann ein die bürgerlichen Schichten zu seiner Zeit schockierendes Gemälde von Max

Ernst. Den Abschluß bildete oben im Flur ein surrealistisches Spiel von bewölktem Himmel, virtuos gemalten Meereswellen und einem riesigen, in der Luft schwebenden Felsbrocken in der Form eines Hühnereis, dessen oben abgeflachte Rundung ein Steinschloß zierte. „Das Pyrenäenschloß“ von René Magritte. Das einzige Bild übrigens, das sicher eine Reproduktion war.

Peter Teuchert brachte seine Tasche ins Büro und hängte seinen Mantel auf. Sein Schreibtisch sah noch genau so aus, wie er ihn am Freitag mittag verlassen hatte. In der Zwischenzeit war also nichts Besonderes geschehen, jedenfalls nicht hier im Büro. Dann konnte er jetzt seinen üblichen Rundgang machen. Das Telefon läutete.

„Sie sind’s, Gesine. Guten Morgen. Ja, natürlich, ich komme vorbei.“ Mit wenigen Schritten war er im Vorzimmer von Sternburg. Gesine Maus war in die Zeitung vertieft, wie immer, wenn sie gerade keine dringenden Arbeiten zu erledigen hatte. Sie trug heute ihr flottes, etwas zu weit ausgeschnittenes grünes Kostüm und wandte ihm ein strahlendes Lächeln zu.

„Na, Gesine, was gibt’s Neues in der Welt?“

„Haben Sie schon von dem dreisten Bankraub gehört?“ Dabei hielt sie ihm die Zeitung wie eine Trophäe entgegen.

„Ja, Gesine, ein tolles Ding. Was müssen das nur für Menschen sein, die so etwas machen?“

„Ich habe auch einmal in einer Bank gearbeitet. Mein Gott, wenn mir das passiert wäre. Ich glaube, ich wäre gestorben.“

„Na, na, so schnell stirbt man denn dann doch nicht.“

„Aber ersticken hätten die beiden können, in dem Tresorraum. So eine Gemeinheit, sie dort einzusperren. Aber für so einen Mafiakiller zählt ein Menschenleben ja nichts, überhaupt gar nichts! Hoffentlich erwischen sie ihn bald. Aber wahrscheinlich ist er schon längst wieder in Silizien.“

„Sizilien“, lachte Teuchert, „Silizien gibt es nicht, nur Silizium. Und das ist ein chemisches Element, das in der Kieselsäure vorkommt.“

Gesine lachte auch. Sie war unverheiratet wie er und nutzte jede Gelegenheit, mit ihm über anderes als berufliches zu reden. Sie war keine Schönheit, aber trotzdem hatte sie einen besonderen Liebreiz, obwohl Teuchert noch immer nicht klar war, woran das lag. Früher hatte er sogar einmal erwogen, mit ihr auszugehen. Aber sie würde über eine Liaison wohl kaum den Mund halten. Und er zusammen mit der Sekretärin von Sternburg – nein, das hätte bloß Ärger gegeben. Außerdem war sie naiver als er für längere Zeit ertragen konnte.

„Ist Sternburg schon da, Gesine?"

„Deshalb habe ich Sie angerufen. Herr Sternburg kommt erst gegen fünfzehn Uhr. Sie sollen Meiers allein empfangen und mit ihm alles vorbereiten. Für heute mittag habe ich bereits einen Tisch bei Luigi bestellt."

Das war wieder einmal typisch Sternburg. In den letzten Monaten war geschäftlich kaum etwas so wichtig wie die Verhandlungen mit Meiers. Und Sternburg schob alles ihm zu. Gut, er hatte alles vorbereitet, er brauchte Sternburg nicht. Trotzdem war es bei Verhandlungen immer hilfreich, wenn man mit verteilten Rollen spielen konnte.

„Meiers kommt um zwölf, oder?"

„So steht es hier", sagte Gesine und hielt den Zeigefinger auf ihre Eintragung im Terminkalender.

„Gut, Gesine. Gibt es sonst noch etwas?"

„Nein, Herr Teuchert, mehr hat Herr Sternburg mir nicht gesagt."

„Wo ist er eigentlich?" fragte Teuchert.

„Ich glaube, bei Konsul Berz. Der hatte heute morgen angerufen und um ein Gespräch gebeten."

„Hier?"

„Nein, er hat Herrn Sternburg angerufen, als er auf der Fahrt hierher ins Büro war."

„Ach ja? Na gut, dann werde ich den Besuch mal vorbereiten."

Dieser Sternburg. Nicht einmal lügen konnte er richtig, dachte Teuchert, als er aus dem Zimmer ging. Konsul Berz war, wie

er wußte, am Freitag nach Rio geflogen. Kaffeegeschäfte. Offiziell. Was er wirklich da unten machte, mochten die Götter wissen. Es war ihm auch ziemlich egal. Er wußte von der Reise nur deshalb, weil Konsul Berz seine heimliche Liebe zu Brasilien kannte und deshalb bei ihrem letzten Telefonat die Reise erwähnte. Sternburg hatte also einfach keine Lust heute morgen. Jedenfalls nicht aufs Arbeiten. Eher auf irgendeinen enggeschnittenen Rock, jetzt, wo Friederike einige Tage unterwegs war.
Teuchert schloß seinen Aktenschrank auf und nahm den Ordner Meiers heraus. Wenig später war er in die Unterlagen vertieft.

8

Werner, hast du schon Antwort aus Rom?" Kriminalhauptkommissar Gerd Kascheck trommelte ungeduldig mit den Fingern seiner rechten Hand auf die Schreibtischplatte.
„Bisher noch nicht. Wir haben zwar heute schon drei Faxe aus Rom erhalten, aber keine Seite ist lesbar. Nur eben, daß sie aus Rom kommen, wissen wir. Gerschner versucht, telefonisch durchzukommen. Irgend etwas muß mit deren Gerät nicht okay sein."
„Italiener! Es ginge schneller, wenn sie ihre Elefanten über die Alpen schickten."
„Das waren die Karthager, Chef, nicht die Römer."
„So, die Karthager. Hoffentlich sind deine kriminalistischen Fähigkeiten nur halb so gut wie dein Schulwissen. Dann werden wir alle offenen Fälle nämlich sehr schnell klären, Werner!"
Kascheck war ganz offensichtlich ungelaunt. Noch immer hatten sie in der Bankraubsache vom Freitag noch nicht die geringste Spur. So etwas war schlecht, ganz schlecht. Besonders dann, wenn die Öffentlichkeit größeren Anteil nahm. Dauernd rief Bentlaer an, der Leitende Polizeidirektor. Als ob das helfen würde. Es hielt ihn nur von der Arbeit ab.
„Was sagt eigentlich Luigi?" Als er keine Antwort bekam, wurde Kascheck laut. „Was sagt Luigi, verdammt noch mal! Muß man denn alles zweimal fragen?"
Werner Morsch schreckte aus seinem Aktenstudium hoch. „Luigi meint, das sei kein Italiener gewesen."
„Kein Italiener, ach? Wie kommt er denn darauf?"
„Er meint, im Jargon von Herrn Kopper, für einen von der Mafia seien das doch Peanuts. Knappe siebenundvierzigtausend Mäuse. Und allein würden die nicht auftreten. Überhaupt, wenn das organisiert gelaufen wäre, dann hätte er längst Wind davon bekommen. Das hat er im Gefühl, sagt er."

„Im Gefühl, so, so. Typisch Italiener. Vielleicht steht er inzwischen auch bei denen auf der Liste. Die halten doch alle zusammen, diese . . ." – Spaghettis, hatte er sagen wollen. Aber seit in der letzten Zeit immer mehr von Ausländerfeindlichkeit der Polizei in den Medien die Rede war, schien es ihm angebracht, in diesem Punkt auf seine Zunge zu achten. – „. . . diese Italiener."

Kascheck lehnte sich zurück und sah Morsch ins Gesicht. „Merk dir eins, mein Junge: Wenn uns einer mal einen guten Tip gegeben hat, dann heißt das nicht, daß das immer so weitergeht. Den Jungs muß man von Zeit zu Zeit immer mal wieder auf den Zahn fühlen. Und man muß ihnen Feuer unter dem Arsch machen. Sonst tanzen sie dir auf der Nase herum wie die Mäuse auf dem Parmesan. Quatsch, natürlich war es ein Italiener. Lies dir doch noch einmal die Aussagen der Lindner und des, na, des Korschenbroich durch. Die haben doch dauernd mit Ausländern zu tun an ihren Schaltern. Das sind doch keine Dösköppe."

„Und wenn der Täter den Italiener nur gespielt hätte?" Werner Morsch war noch frisch im Geschäft. Deshalb sagte er auch noch ganz unbefangen, was ihm durch den Kopf ging.

„Gespielt, Morsch? Gespielt? Wenn der gespielt hat, dann wäre er beim Film und würde dort viel mehr absahnen. Und mit weniger Risiko. Da kannst du auch gleich sagen, der war nur halb so alt und hatte zwei intakte Beinchen!"

„Stimmt es, daß Luigi eigentlich Ludwig heißt?" fragte Morsch, um in ruhigeres Fahrwasser zu kommen.

„Ach, das hast du auch schon gehört, was? Ja, stimmt, Luigi heißt eigentlich Ludwig, Ludwig Pirogio." Kaschecks Stimme klang schon umgänglicher. „Ludwig nach Ludwig van Beethoven. Seine Mutter war Venezianerin, hatte lange als Requisiteuse an der Venezianischen Oper gearbeitet. Sie war eine Verehrerin italienischer Musik, liebte die leichten, beschwingten Klänge italienischer Komponisten, der Vivaldi, Puccini, Verdi. Aber ihre größte Bewunderung galt Beethoven, obwohl oder vielleicht gerade weil dieser, anders als Mozart, keine Italienreisen unternommen hatte und seine Musik auch nicht italienisch geprägt war. Auf diese Weise also ist Luigi zu seinem teutonischen Vornamen gekommen. In den sechziger Jahren war er seinem Vater nach Deutschland gefolgt, wegen der besseren Arbeitsmöglichkeiten. Später dann hatte er einem Landsmann Schulden nicht zurückzahlen können und sich an einigen Einbrüchen beteiligt, um an Geld zu kommen. So war er mit der Polizei in Kontakt geraten. Luigi war glimpflich davongekommen, weil er einen Sekretär der italienischen Botschaft in Bonn gut kannte, der seine Kochkünste zu schätzen wußte. Auch der ermittelnde Staatsanwalt war zufällig ein Freund der italienischen Küche. Das traf sich gut. Weniger gut war für ihn, daß der Staatsanwalt ihn auch später immer wieder an sein Wohlwollen erinnerte und den einen oder anderen Freundschaftsdienst anmahnte. Nach verbreiteter Auffassung werden Hände sauberer, wenn man sie sich gegenseitig wäscht. Luigi ist kein Spitzel, aber er ist, beruflich bedingt, gut informiert. Und er ist dankbar."

Kascheck auch, dachte Morsch.

Das Telefon klingelte.

„Ich bin nicht da, Morsch, du weißt nicht, wo."

Morsch hob den Hörer ab. „Morsch. Nein, Herr Polizeidirektor, ich heiße so, Werner Morsch. Ich . . ." Weiter kam er nicht, denn Kascheck hatte ihm den Hörer schon aus der Hand genommen.

„Kascheck hier. Ja, mein Durchläufer. Nein, Herr Polizeidirektor, noch nichts Neues. Selbstverständlich gebe ich Ihnen Bescheid, Herr Polizeidirektor. Sofort. Ja, da sind wir dran. Nein, noch nicht. Müßte aber schon längst hier sein. Alle Kräfte, Herr Polizeidirektor, selbstverständlich!"

Kascheck legte auf und setzte sich wieder hin.

„Alle Kräfte! Wie der sich das vorstellt. Welche Kräfte? Die hohen Herren da oben! Erst streichen sie Stellen, dann erwarten sie Fahndungserfolge am Fließband." Dieser Träumer,

dachte er. Und laut: „Am besten führen wir die Straftaten selbst durch, dann wissen wir immer, wer es war."
Morsch war im Zweifel, ob das ein Witz sein sollte und Kascheck ein Lachen erwartete. Er vertiefte sich wieder in sein Aktenstudium. Was hätte er auch sagen sollen.
Kascheck stand wieder auf und ging im Zimmer auf und ab. „Euer Boß wurde doch nach Gladbach versetzt. Weißt du Näheres?"
„Auch nicht mehr, als in der Presse stand." Und nach einer kleinen Pause ergänzte er: „Ich denke, die politisch Verantwortlichen haben nur jemanden ausgeguckt, den sie in der Öffentlichkeit ‚schlachten' konnten. Was soll's, so gut wie der ist, redet in einem Jahr kein Mensch mehr davon."
Plötzlich kam Gerschner zur Tür herein. In seiner rechten Hand hielt er triumphierend einige Blatt Papier, die sich nach innen rollten. „Das Fax aus Rom. Gerade angekommen."
„Was steht drin?" rief Kascheck.
„Keine Ahnung", antwortete Gerschner. „Ich bin gleich zu Ihnen gekommen. Hab noch nicht draufgeschaut."
Er reichte Kascheck die Blätter hin. Kascheck sah sie sich an, erst oben, dann in der Mitte, dann das zweite, dann das dritte Blatt.
Gerschners Mund stand offen, aber er sagte nichts.
„Gerschner! Aufwachen. Alles italienisch, verstanden?" Kascheck knallte die Blätter auf den Tisch. „Bin ich denn hier im Irrenhaus? Los Gerschner, sorgen Sie für eine Übersetzung, und zwar flott!"
„Mach ich, Chef, sofort." Gerschner hatte seine Besinnung wiedergefunden. Er griff sich die Blätter und verschwand genauso schnell, wie er gekommen war, aber weit weniger beschwingt.
Nach einer knappen Stunde war er vom Übersetzungsbüro zurück.
„Na", sagte Kascheck, „das ging ja schnell. Was hat der ‚Italologe' denn herausgefunden?"

Gerschner hielt ihm wortlos nur die Fernschreiben hin.
„Was soll das, Gerschner. Ich kann noch immer kein italienisch!"
„Chef, auf Seite drei ganz unten. Da sind die einzigen zwei Sätze, die neu sind. Der Rest ist genau der Text, den wir vorgestern nach Rom abgesetzt haben. Die haben ihn gerade mal wiederholt, halt nur in ihrer eigenen Sprache."
Kascheck nahm die unterste Seite und las laut, was der Übersetzer handschriftlich dazugeschrieben hatte. „Täter und Hintergrund hier völlig unbekannt. Können leider nicht helfen. Pirrigia, primo commandante, Erster Kommandant." Kascheck atmete tief durch. „Wenn man von denen schon mal was will, dann haben sie angeblich von nichts eine Ahnung. Wer weiß, vielleicht freuen die sich über jede Bank, die hier ausgeraubt wird, weil das Geld dann hinterher in Italien landet. Immerhin ist inzwischen ja allgemein bekannt, daß die Mafia in Italien ihre Leute auch in den obersten Etagen der Polizeiführung sitzen hat."
„Chef, wenn die aber wirklich nichts wissen?"
„Ja, ja, Morsch, glaub du nur an den Weihnachtsmann. Ich hab jetzt die Schnauze voll. Ich geh erst mal was essen. Wie heißt diese Kneipe da schräg gegenüber? Danke Morsch, ich weiß schon, Gronauer Wirtshaus. Wer auch immer dieses neue Polizeigebäude geplant hat, muß gedacht haben, daß Polizisten von Luft leben. Fast vierhundert Leute und keine Kantine." Kascheck schüttelte den Kopf. „Ihr macht weiter und seht zu, daß wir bald was Greifbares haben. Sonst macht der Bentlaer noch Tomatensauce aus uns."
Kaum war Kascheck aus der Tür, klingelte erneut das Telefon. Wieder war es Polizeidirektor Bentlaer. Er stellte keine Frage mehr, nachdem Werner Morsch ihm gesagt hatte, daß Kriminalhauptkommissar Kascheck zum Zwecke der Durchführung weiterer sachdienlicher Ermittlungen sein Büro verlassen und sich jetzt persönlich der Knochenarbeit zugewandt habe. Das war, Werner Morsch wußte es, nicht gelogen. Tagesmenü des Gronauer Wirtshauses war heute Kotelett.

9

Ernst, nun iß doch noch eine Schnitte mit dem leckeren Schinken. Hab ich doch extra für dich geholt, Junge. Du mußt kräftig essen. Das beruhigt die Nerven. Glaub deiner Mutter. Ach, ich bin so stolz auf dich. Alle Zeitungen schreiben über dich. Mein Ernst, der Held von Gläbbisch."

Das Telefon unterbrach Martha Korschenbroichs Redeschwall. Schon beim ersten Klingeln rannte sie an den Apparat, der seinen Platz im Flur auf einem kleinen eichenen Tischchen hatte. Ein beigefarbener Stoffüberzug war ihm übergestülpt, als ob er wie ein Schoßhündchen vor Kälte geschützt werden müßte.

Ernst Korschenbroich blieb im Wohnzimmer. Seit dem frühen Morgen ging das Gebimmele nun schon. Dabei kannten sie doch gar nicht so viele Leute näher. „Ernst", sagte seine Mutter immer, „halte dir die Leute vom Leib. Alle wollen dich nur ausnutzen und suchen nur ihren Vorteil." Was sie natürlich nicht davon abhielt, im Treppenhaus oder beim Einkauf gierig die neuesten Neuigkeiten von den einen aufzusaugen, um später vor anderen mit ihrem Wissen zu prahlen. Alle machten es so, und es war klar, daß sie jetzt anriefen, um aus erster Hand Details zu erfahren. Ernst Korschenbroich hatte keine Lust, dauernd aufzuspringen. Also mußten sich die Anrufer mit Secondhand-Auskünften zufriedengeben. Aber so, wie Mama alles ausmalte, war es für die Anrufer bedeutend aufregender, als wenn sie ihn selbst an der Strippe gehabt hätten.

Er hatte es sich auf einem mächtigen Plüschsessel bequem gemacht. Die Beine hatte er auf den polierten Wohnzimmertisch gelegt, neben den sorgfältig geordneten Stapel von Zeitungen, die alle vom heutigen Montag waren und in mehr oder minder großer Aufmachung – je nach lokaler Nähe – über den Banküberfall vom Freitag berichteten. Neben ihm, auf einem Beistelltisch in Mahagoni, stand ein großer Teller mit dick belegten Brotschnitten. Und eine Flasche Mumm mit einer blauen Schleife um den Hals. Zur Feier des Tages, hatte seine Mutter gesagt und darauf bestanden, daß er mit ihr anstieß. Bier wäre ihm lieber gewesen, aber ihr das zu sagen, hatte er sich nicht getraut. Mama war ziemlich empfindlich in solchen Dingen.

„Ernst, du glaubst nicht, wer das war. Frau Michonke!"

„Frau Michonke?" Ernst kannte keine Frau Michonke.

„Ihr Mann ist Abteilungsleiter beim Karstadt in Köln. Sie wohnen über Schlonzges, in einer Vier-Zimmer-Wohnung mit Balkon. Alles voll mit Antiquitäten. Sie hat mich mal mit hoch genommen."

Ernst hatte das Gefühl, den Namen Schlonzge schon einmal von seiner Mutter gehört zu haben. Aber das ging ihm häufiger so, wenn seine Mutter erzählte.

„Frau Michonke! Wenn ich die im Stüssgen treffe, dann tut sie immer ganz von oben herab. Und jetzt, am Telefon, war sie ganz anders. Sagt, sie wäre so stolz darauf, uns zu kennen. Wollte ganz genau wissen, wie das alles abgelaufen ist in der Bank. Ob du wirklich in Lebensgefahr geschwebt hättest. Ihr Mann, sagte sie, habe einmal, aber da habe ich ihr gleich das Wort abgeschnitten und gesagt, natürlich hätte dieser Verbrecher mit seinem Maschinengewehr alles niedergemäht, wenn du nicht so besonnen reagiert hättest."

„Mama, kein Maschinengewehr, nur eine Pistole, und die haben wir noch nicht einmal gesehen, weil er sie in seiner Jackentasche behalten hatte."

„Ist doch egal, diese Schießdinger sind doch alle gleich gefährlich. Und wenn er geschossen und dich getroffen hätte, mein Junge, meinst du, mich hätte dann getröstet, wenn die Kugel statt aus einem Colt aus einer Maschinenpistole gekommen wäre? Dann hätte ich mich vor Trauer und Verzweiflung gleich in die Schußbahn geworfen, daß er mich mit erschießt. Mein Gott, was sollte ich denn dann noch ohne dich?" Martha Korschenbroich hatte Tränen in den Augen.

„Jetzt reg dich doch nicht auf, Mama, es ist doch gar nichts passiert.“

„Nichts passiert? Du bist gut. Aber daran kann man sehen, wie stark du bist. Echt cool, würde die kleine Lisa von nebenan sagen. Stell dir vor, dann wollte die Michonke noch wissen, ob es stimme, daß du mit dieser Lindner was hättest! Frau Michonke, habe ich ihr gesagt, Frau Michonke, mein Ernst, das ist ein anständiger Junge, Frau Michonke, und wenn er jetzt mal eine ganze Nacht mit dieser Lindner im Tresor war, dann hat er sich das ja nun mal nicht ausgesucht, hab ich gesagt, das war ja von diesem Verbrecher erzwungen. Wer weiß, was der mit ihr gemacht hätte, wenn mein Ernst nicht dabei gewesen wäre und sie beschützt hätte. Ist es nicht so, mein Liebling?“

Ernst Korschenbroich nickte nur. Was hätte er sonst tun sollen. Er konnte seiner Mutter doch schlecht sagen, was für Gedanken ihm manchmal durch den Kopf gingen, wenn er Vera Lindner beobachtete. Und erst recht nicht, daß er sich schon oft gewünscht hatte, mit ihr mal allein zu sein. Plötzlich mußte er an Verena van Denbroek denken. So wie die sahen die Frauen immer aus, von denen er nachts träumte. Mit der würde er noch viel lieber etwas anstellen als mit der Lindner. Hoffentlich bekam sie keinen Ärger mit der Polizei, nachdem er ihren Namen als Zeugin angegeben hatte. Manche Leute wollen ja mit Polizei und Gerichten nichts zu tun haben. Aber er hätte den Kommissar doch nicht anlügen können. Vielleicht sollte er die van Denbroek einfach mal besuchen und die Sache klarstellen. Und wer weiß, was sich daraus dann alles ergeben würde. Mama dürfte er davon natürlich nichts sagen. Die sagte immer: „Laß die Finger davon, mein Liebling. Frauen bringen dir nur Unglück. Zum Glück brauchst du sie ja auch nicht. Du hast ja mich.“

10

Verena van Denbroek hatte den Tag voller Unruhe und Anspannung verbracht. Nachdem Franz Sternburg sie verlassen hatte, hatte sie noch eine Weile nachdenklich in der Küche gesessen. Dann hatte sie geduscht, zum zweiten Mal an diesem Morgen, hatte sich angezogen und geschminkt, hatte den Champagner mit einem Sektverschluß versehen und in den Kühlschrank gestellt. Sie war gerade dabei gewesen, sich einen Kaffee zu machen, als die Kripo anrief und sie bat, vorbeizukommen und einige Fragen wegen des Bankraubs vom Freitag zu beantworten. Sie hatte nicht viel übrig für die Bullen, schon gar nicht, wenn die was von ihr wollten. Überraschenderweise waren die beiden Herren, denen sie dann wenig später gegenüber saß, ihr weniger unsympathisch als sie befürchtet hatte. Trotzdem hatte sie an ihrem Vorsatz festgehalten, ihnen nichts davon mitzuteilen, daß ihr irgend etwas an dem Bankräuber bekannt vorkam. Wenn ihr das klarer würde, konnte sie immer noch entscheiden, was zu tun war.

Anschließend hatte sie sich bei ihrer Bank nach dem Stand ihres Kontos erkundigt. Vera Lindner und Ernst Korschenbroich hatte sie nicht gesehen. Wahrscheinlich waren beide krank geschrieben oder man hatte ihnen Zusatzurlaub gegeben. Vor der Eingangstür hatte sie innegehalten und die Situation, in der sie dem späteren Bankräuber begegnet war, noch einmal an sich vorüberziehen lassen. „Scusa, Signorina. Hier, prego, ihre Tasche." Mit einer leichten Verbeugung hatte er ihr die Handtasche gereicht und dann noch hinzugefügt: „Mi dispiace. Scusi! Es tut mir sehr leid." Die Stimme! Ja, die Stimme war es, die hatte sie schon einmal gehört. Jetzt plötzlich glaubte sie auch zu wissen, wo.

Verena van Denbroek durchquerte mit schnellem Schritt die Hauptstraße und verschwand in ihrer Lieblingsboutique. Sie fand, sie hätte jetzt eine Belohnung verdient. Und nach all dem scusa und scusi, prego, mi dispiace war ihr richtig nach italienischer Haute Couture zumute. Sie erstand ein prächtiges Abendkleid aus dunkelroter Seide. Es reichte ihr bis über die Knöchel, war dafür oberhalb des Bauchnabels um so freizügiger. Franz Sternburg würde es gefallen, davon war sie überzeugt.

Dann ging sie zu de Fanti. Sie mochte die Eisrezepte, die Lorin Pradel jedes Jahr in neuen Variationen aus Italien mitbrachte. Glücklicherweise gehörte sie zu jenen beneidenswerten Geschöpfen, die einen Amaretto-Becher essen konnten, ohne es bereuen zu müssen. Und sie wußte das. Heute jedoch konnte sie sich nicht versunken dem Genuß hingeben. Sie mußte nachdenken.

Nachdem sie noch einen Cappuccino getrunken hatte, zahlte sie und ging in die nächste Telefonzelle.

11

Kurz nach vier betrat Franz Sternburg den kleinen Konferenzraum. Peter Teuchert und Meiers hatten ihre Sakkos über die freien Stühle gehängt. Auf dem massiven Mahagonitisch zwischen ihnen stapelten sich überquellende Aktendeckel und lose Blätter, über und über mit Zahlenkolonnen bedeckt. „Ich grüße Sie, mein lieber Herr Meiers. Tut mir schrecklich leid, daß ich nicht von Anfang an dabei sein konnte. Aber Sie wissen ja, wie das heutzutage ist. Man ist nicht mehr sein eigener Herr, wenn einem das Wohl seiner Kunden am Herzen liegt. Ich hoffe, Sie haben dafür Verständnis."

Meiers war aufgestanden und reichte Sternburg die Hand. „Aber ich bitte Sie, Herr Sternburg, natürlich verstehe ich das. Bei uns ist das nicht anders. Allerdings, das muß ich sagen, in einem Punkt doch." Er legte eine kleine Pause ein, und Sternburg schaute ihn irritiert an.

„Wie meinen Sie das, mein lieber Herr Meiers? Was ist bei Ihnen anders?"

Meiers lachte und zeigte auf Teuchert. „Ich hätte niemanden, der mich so exzellent vertreten könnte wie Ihr Herr Teuchert. Meinen Glückwunsch, Herr Sternburg. Sie können sich glücklich schätzen, über einen solchen Mitarbeiter zu verfügen. In jeder Beziehung, wenn ich mir das Urteil erlauben darf."

Sternburg hatte plötzlich einen säuerlichen Geschmack im Mund und Mühe, sich ein Lächeln abzuringen. Natürlich kannte er die Qualitäten von Teuchert und er wußte, daß er ohne Teuchert kaum zurecht käme. Mußte dieser Meiers ihm das auch noch unter die Nase reiben! Womöglich würde Teuchert demnächst auch noch eine Gehaltserhöhung fordern.

„Ja, ich weiß, Teuchert ist ein Juwel. Schon mein Schwiegervater hat auf die Auswahl und die Führung von Personal größten Wert gelegt. Ich persönlich sehe das genauso."

Meiers verkniff sich ein Grinsen. In seinem Betrieb beschäftigte er knapp vierhundert Leute. Er wußte, wie sehr man als Chef auf seine Mitarbeiter angewiesen war. Und er tat etwas dafür. Er war Vorbild für alle. Das zahlte sich aus. Auch für alle.

Teuchert schaltete sich ein. „Ich denke, Herr Sternburg, wir sind weitgehend klar. Herr Meiers hat alle Unterlagen mitgebracht, die wir brauchen. Ich habe sie mir sorgfältig angesehen. Wenn Sie einverstanden sind, und auch Sie, Herr Meiers, könnte Frau Maus einige der Sachen für unsere Unterlagen kopieren. Und dann könnten sie beide den Vertrag unterschreiben."

„Einverstanden", sagte Meiers.

„Sie haben alles geprüft, Herr Teuchert? Ich verlasse mich auf Sie." In Wahrheit wußte Sternburg, daß er keine andere Wahl hatte. Teuchert hatte ihm vor Wochen das Geschäft vorgeschlagen und hatte ihm in verschiedenen Varianten die Vorteile für die Fertgen-Chemie vorgerechnet. Sternburg hatte seine Fragen schnell eingestellt, weil er merkte, daß er nicht verstand, was Teuchert da ausgeklügelt hatte. Zum Teufel auch. Wozu mußte er das alles verstehen. Teuchert war ein guter Mann, die Vertragsabteilung hatte das Rechtliche geprüft, Einkauf und Produktion hatten zugestimmt. Er mußte nicht immer bis ins Detail begreifen, was er unterschrieb. Wofür hatte er denn schließlich seine Leute.

„Ich hole rasch den Vertrag, so wie wir ihn bereits letzte Woche abgestimmt haben, aus meinem Büro."

„Machen Sie das, Herr Teuchert, und sagen Sie Gesine, daß wir das begießen wollen. Nicht wahr, mein lieber Herr Meiers, Sie trinken doch einen Schluck mit uns auf das festliche Ereignis."

„Mit Vergnügen." Meiers verachtete zwar diesen unfähigen Emporkömmling, der sich durch seine Heirat ins gemachte Nest gesetzt hatte. Aber für ihn hatte das durchaus auch seine Vorteile. Warum also sollte man darauf nicht anstoßen.

Teuchert war noch auf dem Flur, als das Telefon klingelte. Mit schnellen Schritten war er am Apparat. „Ja, Teuchert. Hallo. Wer ist da? Hallo?“ Er lauschte in die Muschel. „Hallo. Hören Sie mich? Wer ist da?“ Teuchert hatte das Gefühl, daß am anderen Ende der Leitung jemand atmete. Dann wurde aufgelegt. Er wählte sofort die Nummer der Zentrale. „Hier Teuchert. Sie haben auf meinen Apparat ein Gespräch durchgestellt. Können Sie mir sagen, wer mich da sprechen wollte?“
„Eine Dame, Herr Teuchert. Sie hat ihren Namen nicht gesagt, nur, daß sie Sie sprechen wollte. Stimmt etwas nicht?“
„Nein, nein, alles in Ordnung. Vielen Dank.“
Was hatte das zu bedeuten? Ein Zufall? Wer hatte ihn sprechen wollen? Warum? Und warum hatte sie sich nicht gemeldet? Teuchert fühlte sich plötzlich sehr unwohl. Nachdenklich holte er die Unterlagen aus der Schublade und ging langsam zurück zum kleinen Konferenzraum. Die Gläser waren bereits gefüllt, die Flasche, ein weißes Tuch um den Hals, stand stilgerecht in einem chromglänzenden Kübel aus Edelstahl.
„Sie haben aber lange gebraucht, Teuchert. Sie sind ja ganz blaß im Gesicht. Ist Ihnen nicht gut?“ Sternburg tat besorgt.
„Doch, doch, Herr Sternburg, es ist alles in Ordnung. Nur ein Telefongespräch, das mich aufgehalten hat.“ Teuchert legte den Vertrag in doppelter Ausführung vor Sternburg und Meiers hin. Beide zückten fast synchron ihre Füllfederhalter. Meiers überflog das Papier kurz, das er im Entwurf bereits kannte. Dann setzte auch er seinen Namen unter das Papier.
„Prost, meine Herren. Auf eine gute Zusammenarbeit.“ Sternburg stieß erst mit Meiers, dann auch mit Teuchert an. Diesmal verschüttete er nichts von dem edlen Tropfen.

12

Guten Abend, Verena. Ich freue mich ganz besonders, daß du gekommen bist. Wir haben uns lange nicht gesehen. Wie geht es dir?“ Ulrich Schwartz ergriff Verena van Denbroeks rechte Hand und führte sie mit einer leichten Verbeugung bis kurz vor seine Lippen.

Er kannte Verena seit damals, als Wulf van Denbroek mit seinem Sportwagen unter nie ganz geklärten Umständen auf der B 55 bei Obereschbach aus der scharfen Rechtskurve getragen und gegen einen Baum geprallt war. Als Verena die Nachricht vom Tod ihres Mannes erhielt, war sie zusammengebrochen. Mirko, der Notarzt, den die beiden Polizisten holten, hatte ihn noch aus der Villa der van Denbroeks angerufen und gebeten, nicht nur die im Todesfall erforderlichen Formalitäten zu übernehmen, sondern sich auch um Verena van Denbroek zu kümmern. Mirko Slavic wurde bei seiner Arbeit häufig mit dem Tod konfrontiert und mit der Erschütterung und der Trauer von Angehörigen. Um besser mit psychischen Belastungen fertig zu werden, hatte er einige der Schwartzschen Trauerseminare besucht und sie schätzengelernt. Sie hatten sich angefreundet, und es war für Ulrich Schwartz selbstverständlich gewesen, Mirkos Hilferuf zu folgen.

Ulrich Schwartz hatte damals sofort erkannt, daß Verena van Denbroek, die aus dem Süddeutschen stammte und erst seit ihrer Hochzeit im Rheinland war, hier noch nicht recht Fuß gefaßt hatte. Sie zählte zu jenen Frauen, deren natürliche Schönheit ihnen schon in frühen Lebensjahren viele Türen öffnen und eigene Mühen weitgehend abnehmen. Solche Menschen haben es erfahrungsgemäß schwer, mit Schicksalsschlägen, die sie auf sich selbst zurückwerfen, fertig zu werden. Ihre Trauer war deshalb in besonderem Maß eine doppelte. Die um den Toten, aber noch stärker die um sich selbst. Zum ersten Mal in ihrem Leben fühlte sie sich allein gelassen, war ganz auf sich selbst gestellt. Ulrich Schwartz, der sich von einem der großen Trauertherapeuten hatte ausbilden lassen, wußte, daß hier ein Teil der Persönlichkeitsentwicklung nachzuholen war. Oftmals wurden aus Menschen, die diese schwierige Lebensphase überstanden, ausgesprochen starke Persönlichkeiten. Ulrich Schwartz wollte sich nicht nur auf die allgemein üblichen Tätigkeiten eines Bestattungsunternehmers beschränken. Er hatte es sich zur Aufgabe gemacht, den Trauernden psychischen Beistand zu leisten. In Einzelgesprächen, in Gruppen, in Seminaren. Er hatte in seinem „Haus der Anteilnahme“ auch eigene Trauerräume, die er Abschiedsräume nannte, eingerichtet, in denen die Hinterbliebenen ungestört sein konnten mit dem Toten. Verena van Denbroek hatte alle diese Hilfen gerne in Anspruch genommen.

Das war jetzt schon einige Jahre her. Verena van Denbroek war noch genauso hübsch wie früher. Ihr Gesicht strahlte jetzt jedoch nicht mehr kindliche Unbekümmertheit aus, sondern hatte den Ausdruck einer selbstbewußten jungen Frau bekommen, die fest auf beiden Beinen stand und genau wußte, was sie wollte.

„Ich freue mich auch, dich zu sehen, Ulrich. Als Kind hatte ich immer Angst vor den Toten. Du hast mir diese Angst genommen. Ich hätte nie geglaubt, daß ich freiwillig auch nur einen meiner Abende in einem Bestattungshaus hätte verbringen wollen. Und jetzt ist es so, daß ich mich auf jeden Besuch hier freue.“ Sie verschwieg, daß ihr heutiger Besuch eine Notlösung war. Als klar war, daß Sternburg nicht kommen würde, hatte sie beschlossen, eine Bekannte in Köln zu besuchen. Die hatte jedoch überraschend Besuch eines früheren Freundes bekommen, der für zwei Tage geschäftlich in Düsseldorf zu tun hatte. Da hätte Verena nur gestört. Deshalb hatte sie sich schnell wieder verabschiedet.

„Danke, Verena, ein Lob aus deinem Munde wiegt für mich besonders. Ich hoffe, nein, ich bin sicher, dir wird auch der heutige Abend gefallen.“

Verena van Denbroek lächelte ihn an, sagte „Bestimmt“ und ging dann weiter in den Raum hinein, um Ulrich Schwartz nicht davon abzuhalten, weitere Gäste zu begrüßen.

Der etwa einhundert Quadratmeter große Raum war mit Stühlen vollgestellt. An zwei Seiten leuchteten die großen rechteckigen Kunstglasfenster in der Abendsonne. Sie symbolisierten die unterschiedliche Vielzahl der menschlichen Lebensströme. Rote und weiße Kristalle, miteinander verbunden durch geschwungene und in sich gedrehte Glasbänder, standen für die gegensätzlichen menschlichen Charaktereigenschaften, die sich anziehen und abstoßen und in ständigem Widerstreit das menschliche Leben immer weiter entwickeln. An den gegenüberliegenden Seiten hingen Linolschnitte von Achtkläßlern des Nicolaus-Cusanus-Gymnasiums zum Thema Leben und Tod. Sie waren die Frucht eines gemeinsamen Projektes, das Schwartz angeregt und der Kunstlehrer zusammen mit seinen Schülerinnen und Schülern umgesetzt hatte. Ulrich Schwartz hatte die ausgesprochen gelungenen Objekte angekauft und aufgehängt. Er hatte oft Schulklassen zu Besuch. Es war ihm wichtig, daß bereits in jungen Jahren die Scheu vor dem Tode genommen wurde. Leben ist nicht denkbar ohne den Tod. Fast jeder der Schüler sah bei Ulrich Schwartz zum erstenmal in seinem Leben einen Toten. Sah, wie er friedlich in seinem offenen Sarg lag. Überwand in dem von Schwartz geleiteten Gespräch seine Scheu, über das bisher Tabuisierte zu sprechen.

Verena sah sich die Bilder jedesmal an, wenn sie hier war. Immer wieder war sie beeindruckt, wie ausdrucksstark diese kleinen Kunstwerke waren. Wenn sie Kinder gehabt hätte, würde hier jetzt vielleicht auch ein Druck ihres Sohnes oder ihrer Tochter hängen. Wulf hatte damals Kinder gewollt, sie wollte noch warten, erst noch das Leben etwas genießen. Dann war Wulf plötzlich nicht mehr da, ohne mit ihr ein Kind gezeugt zu haben. Sie hatte deswegen lange Zeit ein Schuldbewußtsein Wulf gegenüber gehabt. Irgendwann hatte sie begriffen, daß ihr Schuldgefühl hilfloser Ausdruck eines unfruchtbaren rückwärtsgewandten Denkens war.

Jemand stieß sie an und entschuldigte sich. Der Saal hatte sich inzwischen gefüllt. Sie mußte sich setzen, wenn sie den angekündigten Vortrag nicht auf einem Notsitz oder sogar im Stehen anhören wollte. Sie wählte einen Platz in der letzten Reihe, ganz am Rand. Viele der Gäste unterhielten sich leise. Einige saßen still so wie sie, waren vielleicht ebenfalls allein gekommen. Plötzlich stockte ihr der Atem. In einer der vorderen Reihen sah sie Franz, Franz Sternburg, vertieft in ein angeregtes Gespräch mit einer attraktiven jungen Dame neben ihm. Das also war sein dringender geschäftlicher Termin, weswegen sie sich heute abend nicht hatten sehen können. Verena van Denbroek fühlte Hitze in sich aufsteigen. Sternburg hatte mit Bestattungen geschäftlich nichts zu tun. Und ohne zwingenden Grund würde er sich auch keine Vorträge über Trauerarbeit anhören. Dafür war er zu lebenslustig und leichtlebig. Verena konnte von ihrem Platz den zwingenden Grund gut erkennen. Wahrscheinlich eine Witwe, wie sie auch. Jetzt lachte er ihr zu, beugte sich zur Seite, flüsterte ihr etwas zu und küßte sie auf die Wange, lachte sie an. Genauso wie damals mich bei unserer ersten Begegnung, dachte sie. Dieser Schürzenjäger! Und, um sicherzugehen, hatte er sie heute morgen im Bett gefragt, was sie denn heute abend vorhätte. „Eine gute Idee“, hatte er zu ihrem Vorhaben gesagt, ihre Freundin zu besuchen, „bestell schöne Grüße von mir.“

Verena war jegliches Interesse an dem Vortrag vergangen. Was sollte sie noch hier. Sternburg mußte nicht wissen, daß sie ihn gesehen hatte. Er sollte es auch nicht wissen. Sie hatte keine Lust, ihm jetzt zu begegnen.

Ulrich Schwartz trat an das Rednerpult. Die Gespräche verstummten. Er begrüßte die Anwesenden und sprach einige einleitende Worte. Darüber, daß Trauerwege Wüstenwege sind und Wüstenwege oft sehr lang seien. Trauer sei keine Krankheit, auch keine Schwäche, sondern ein wichtiger psy-

chischer Prozeß für die Gesundheit und Gesundung eines Menschen.
Verena van Denbroek hörte die Worte wie durch Watte, versank in ihren eigenen Gedanken, die sie weg von dieser Veranstaltung führten, weg von Sternburg und dem Schmerz, den er ihr zugefügt hatte, und die sie zurückbrachten zu dem Wissen, das für sie seit heute nachmittag Gewißheit war, und mit dem sie bisher noch nichts anzufangen wußte.
Der Redner des Abends hatte Ulrich Schwartz am Mikrophon abgelöst. Er sprach mit einer tiefen, wohlklingenden Stimme, langsam und jedes Wort betonend. Alle Gesichter waren auf ihn gerichtet. Auch Verena van Denbroek sah nach vorne. Der ganze Raum schien nur noch aus gespannter Aufmerksamkeit zu bestehen. Niemand nahm davon Notiz, als sie langsam zur Tür ging.
Sie fuhr mit dem kleinen Aufzug ins Erdgeschoß. In der milden Abendluft atmete sie zweimal tief durch. Der Ruf eines Käuzchens drang an ihr Ohr. Wie früher, dachte sie, wenn sie mit ihrem Vater in der Dämmerung durch den Wald zum See gegangen war. Früher. Wie lange lag das schon zurück. Jetzt war heute, und sie lebte allein und hatte allein zu entscheiden. Verena van Denbroek setzte sich in ihren roten Porsche Targa und fuhr vorsichtig den schmalen geteerten Weg zur Kürtener Straße hinunter.

13

Das automatische Tor der Garage senkte sich schnurrend nach unten. Sie schlug die Autotür zu, eilte durch den Verbindungsgang ins Haus, streifte ihren Mantel ab und warf ihn auf die Couch. Dann setzte sie sich an ihren Schreibtisch, der vor der breiten Glasfront zum Garten hin stand und nahm einen kleinen Zettel aus ihrer Handtasche. Sie zog das Telefon zu sich heran und wählte nacheinander die Ziffern, die sie sich aus dem Telefonbuch notiert hatte. Als sich am anderen Ende jemand meldete, legte sie sofort auf. Was war das? Hatte sie sich vertan? Sie holte das Telefonbuch und schlug nach. Die Nummer stimmte. Ach ja, das war es, die Vorwahl. Daran würde sie sich nie gewöhnen. Eine Stadt, aber zwei Vorwahlnummern. Sie wählte erneut. Diesmal mit Vorwahl. Bereits nach dem dritten Läuten wurde abgehoben.

„Guten Abend“, sagte Verena van Denbroek freundlich, aber bestimmt. „Ich hoffe, ich habe Sie nicht gestört. Nein? Das freut mich. Sie kennen mich nicht, aber ich kenne Sie. Ich habe Ihnen etwas Wichtiges mitzuteilen. Etwas, das Sie betrifft. Ja, ganz richtig. Nein, das kann ich nicht am Telefon erklären. Ich kann Ihnen nur sagen, daß es für Sie von größter Wichtigkeit ist. Ja. Das werde ich Ihnen persönlich erklären. Ja, morgen abend. Seien Sie bitte um acht im Paas. Sie kennen doch den Paas am Bergischen Löwen? Gut. Seien Sie bitte pünktlich. Gehen Sie an der Theke vorbei und setzen Sie sich an einen der hinteren freien Tische. So, daß wir ungestört reden können. Ich komme zu Ihnen. Ja. Und seien Sie pünktlich. In Ihrem Interesse.“

Sie legte auf. Ihr Herz klopfte heftig, aber sie war zufrieden mit sich. Aus dem Kühlschrank holte sie den Rest Champagner und goß sich ein Glas voll ein. Er schmeckte etwas abgestanden, trotz der Kühle.

So, und jetzt zu Sternburg. Bitterkeit stieg in ihr auf, Enttäuschung und Wut. Sie merkte nicht, wie die Finger ihrer rechten Hand sich so fest in ihrem Handballen drückten, daß die langen Nägel fast die Haut durchstießen. Nein, sie war keine Puppe, mit der er nach Belieben spielen konnte. Das würde sie ihm schon zeigen. Sie nahm einen ihrer edlen, handgeschöpften Briefbogen aus der Schublade, öffnete ihren schlanken Füllfederhalter und begann zu schreiben.
Verena van Denbroek las, was sie geschrieben hatte. Ihre innere Anspannung hatte nachgelassen, hatte eine erste Entladung gefunden.
Sie griff nach der Champagnerflasche. Sie war leer. Verena van Denbroek faltete den Brief gedankenverloren zusammen und legte ihn unter die ledereingefaßte Glasplatte, die ihren Schreibtisch als Schreibunterlage zierte. Dann schaltete sie die Stereoanlage ein, legte Händels Wassermusik auf, goß sich einen Remy Martin ein, dreifach, und legte sich auf die Couch. Es gab noch vieles, über das sie bis morgen abend nachzudenken hatte.

14

Peter Teuchert hatte seinen Wagen in der Laurentiusstraße abgestellt und war über den Konrad-Adenauer-Platz die wenigen Schritte zum Gasthaus Paas gegangen. Für die im Jugendstil erbaute Villa Zanders inmitten der Grünanlage hatte er ebensowenig einen Blick wie für das moderne Bürgerhaus Bergischer Löwe ihr gegenüber. Der seltsame Anruf gestern hatte ihn stark verunsichert. Ehe er noch etwas hatte fragen können, hatte die Unbekannte den Hörer aufgelegt. Er hatte wenig geschlafen heute nacht. Hatte immer wieder alles Revue passieren lassen. Ohne Ergebnis. Er war sich sicher, daß zwischen dem Anruf, den er mittags im Büro erhalten und bei dem sich niemand gemeldet hatte, und dem abendlichen bei sich zu Hause ein Zusammenhang bestand. Wahrscheinlich hatte dieselbe Person angerufen. Das war aber alles, was er mit seinem Grübeln herausgefunden hatte. Alles andere blieb hypothetisch und beunruhigte ihn in höchstem Maße. Er hatte erwogen, nicht zu kommen. Aber dann hätte er der Sache nicht auf den Grund gehen können. Das konnte er sich nicht leisten. Er wäre in der Defensive geblieben. Und in der Ungewißheit. Unfähig, aktiv zu werden. Nein, das hatte er rasch verworfen.

Verena van Denbroek war schon vor acht Uhr gekommen. Sie hatte nicht in der Tiefgarage geparkt, wie sonst, sondern schräg gegenüber dem alten Rathaus. Sie war nicht ängstlich, aber heute war ihr die Tiefgarage doch etwas unheimlich.

Sie umrundete den Brunnen, dessen Wasser abgestellt war und nicht mehr sprudelte. Seine sechsunddreißig zu einem mächtigen Quadrat zusammengefügten bronzenen Würfel standen bewegungslos mit einer leichten Neigung zur Villa Zanders hin. Sie besah sich die Plakate, die in den Fenstern des Bergischen Löwen hingen, schaute auf die Speisekarte der

Gaststätte „Zum Löwen“, ohne auch nur eines der Angebote tatsächlich in ihr Bewußtsein aufzunehmen. Immer hatte sie ein Auge auf den Platz und den Eingang des Gasthauses Paas. Sie sah Teuchert schon von weitem. Das heißt, sie vermutete nur, daß es Teuchert war. Damals, das einzige Mal als sie in Sternburgs Büro war, hatte sie gehört, wie Sternburg im Nebenzimmer mit jemandem gesprochen hatte. Sie hatte die Stimmen deutlich hören können. Die Tür war nur angelehnt gewesen. Sternburg hatte hinterher gesagt, daß es Teuchert gewesen sei. Dem müsse er immer auf die Finger sehen, sonst geschieht nichts oder das Falsche. „Du weißt ja“, hatte Sternburg zu ihr gesagt, „wie es mit dem Personal ist. Man muß sich ständig um alles kümmern, sonst geht was schief.“ Aus dem, was sie gehört hatte, hatte sie allerdings eher den Eindruck gewonnen, als ob Teuchert derjenige sei, der die Richtung vorgab.

Teuchert war im Paas verschwunden, nachdem er sich einige Male suchend umgesehen hatte. Kein Zweifel, das mußte er gewesen sein. Er war also gekommen. Ein wenig würde sie ihn noch warten lassen. Verena van Denbroek spürte, wie die Spannung in ihr anstieg. Sie wußte, von den nächsten Minuten würde viel abhängen. Dann hielt sie es nicht mehr aus und ging los.

An der Theke, zu späterer Stunde so dicht bevölkert, daß es kaum ein Durchkommen in den Gastraum gab, standen um diese Zeit nur wenige Männer und Frauen. Sie ging nach hinten. Ganz in der Ecke sah sie Teuchert sitzen. Sie zog ihren Lodenmantel aus und hängte ihn an den Kleiderhaken. Dann ging sie auf Teucherts Tisch zu. „Herr Teuchert?“

Er erhob sich.

„Bleiben Sie doch sitzen. Darf ich?“ Ohne eine Antwort abzuwarten, setzte sich Verena van Denbroek an den Tisch.

„Sie haben sich noch nicht vorgestellt. Mich scheinen Sie ja zu kennen.“

„Nennen Sie mich einfach Monika“, erwiderte Verena mit einer Souveränität, die sie selbst überraschte. An vieles hatte sie gedacht seit gestern abend, sie hatte geglaubt, auf alle Eventualitäten vorbereitet zu sein. Das Naheliegendste, daß er nach ihrem Namen fragen würde, hatte sie übersehen. Monika. Nicht schlecht, dachte sie. Ein Vorname schuf eine gewisse Vertraulichkeit, die ihrem Gespräch guttun könnte.

„Monika. Und weiter?"

„Nichts ‚und weiter'. Monika reicht für unser Gespräch."

„Was wollen Sie von mir? Warum wollen Sie mich sprechen?"

Einen kurzen Augenblick lang blickte sie ihm erstaunt in die Augen. „Scusa, Signorina. Hier, prego, ihre Tasche. Mi dispiace. Scusi! Es tut mir sehr leid."

Teuchert starrte sie an. Ja, das war sie, die Dame vor der Bank. Sie hatte jetzt die Haare offen, kein Kopftuch umgebunden. Volles, blondes Haar, nicht schwarz wie damals. Wahrscheinlich eine Perücke. Und sie hatte an jenem Freitag einen hellen Mantel angehabt. Aber es gab keinen Zweifel.

„Nun, Herr Teuchert, ich kann mir nicht vorstellen, daß Sie sich nicht erinnern."

„Ich verstehe Sie nicht." Teuchert war offensichtlich außer Fassung. Natürlich hatte er hinter dem mysteriösen Anruf nichts Gutes vermutet. Aber daß ihm diese Dame noch einmal begegnen würde, schon nach wenigen Tagen, und ihn mit diesem nur bruchstückhaft deutsch sprechenden Italiener in Verbindung bringen würde, der um einiges älter ausgesehen hatte, als er jetzt, das verschlug ihm doch die Sprache.

„Sie verstehen mich sehr gut. Ich habe Verständnis dafür, daß Sie irritiert sind. Dafür kann ich aber nichts." Verena van Denbroek kostete die Situation aus. Sie hatte ins Schwarze getroffen. Teuchert war tatsächlich ihr Mann. Es war nur verständlich, daß er sich noch wehrte.

„Tut mir leid, ich weiß nicht, wovon Sie reden. Sie müssen mich verwechseln." Er war bemüht, trotz der Erregung seiner Stimme einen festen Klang zu geben.

„Herr Teuchert, ich habe keine Lust, den ganzen Abend hier zu sitzen und mit Ihnen Verstecken zu spielen. Ich bin hier, weil ich Ihnen eine Chance geben will. Wenn Sie die nicht wollen, in Ordnung. Dann werde ich an anderer Stelle mitteilen, was ich weiß. Sicher weiß."

„Und was wissen Sie?"

„Ich weiß, daß Sie am letzten Freitag die Deutsche Bank um knappe siebenundvierzigtausend erleichtert haben."

Siebenundvierzigtausend, dachte Teuchert. Das war das, was in der Zeitung gestanden hatte. Er hatte nur dreiundvierzigtausend gezählt.

„Verkleidet als älterer italienischer Herr. Wenn ich die Polizei wäre, würde ich nach Ihrem Alibi fragen. Aber das muß ich nicht. Ich weiß, daß Sie keines haben."

Sie hatte recht. Er hatte kein Alibi. Er hatte auch keines gebraucht. Denn er war sicher, daß er keines brauchen würde.

„Wie haben Sie mich gefunden?" Auf seiner blassen Stirn hatten sich kleine Schweißperlen gebildet, die begannen, langsam nach unten zu laufen.

„Sollten wir nicht erst einmal etwas zu trinken bestellen?" fragte Verena van Denbroek. „Köbes", rief sie und drehte sich in Richtung Theke, „bringen Sie uns bitte zwei Kölsch. Sie trinken doch Kölsch?"

„Ja, natürlich, wie Sie wollen." Teuchert sprach gepreßt. „Wie haben Sie mich gefunden?"

Verena van Denbroek wußte, daß sie sich das Heft des Handelns nicht aus der Hand nehmen lassen durfte. Teuchert mußte von Anfang an wissen, daß sie die Fragen stellte und er zu antworten hatte. Andererseits durfte sie nicht zu schroff mit ihm umgehen, um ihn nicht zu einer Kurzschlußreaktion zu treiben. Damit konnte ihr nicht gedient sein.

„Herr Teuchert, . . ." Verena schwieg, denn der Köbes kam und stellte die Kölsch auf den Tisch, sagte „Zum Wohl" und war wieder verschwunden. Verena hob ihr Glas. „Auf Ihr Wohl, Herr Teuchert." Sie nahm einen kräftigen Schluck. Das tat gut und dämpfte ein wenig die Erregung, die sich auch ihrer bemächtigt hatte. Teuchert trank sein Glas mit einem Zug leer.

„Wissen Sie, die Stimme eines Menschen ist für mich, was für andere sein Gesicht ist oder seine Figur oder sein Gang. Mein Klavierlehrer hatte vorgeschlagen, ich solle auch Violinenunterricht nehmen, wegen meines ausgezeichneten Gehörs. Damals war ich gerade neun Jahre alt. Ich hatte nicht die geringste Lust gehabt, mich neben dem Klavierunterricht noch mit einem weiteren Instrument zu plagen. Aber meine Mutter hatte bereits alles entschieden. ‚Kindchen', sagte sie, ‚ich wäre froh gewesen, wenn meine Eltern mir diese Möglichkeiten eröffnet hätten. Sei dankbar, daß wir dir so etwas bieten.' Eine Geige wurde gekauft, eine teure natürlich. Es mußte immer vom Besten sein. Ich war ja die einzige Tochter. Dann begann der Unterricht. Ich habe mutwillig immer wieder daneben gegriffen, mit meiner kleinen linken Hand, und habe den Bogen gezogen wie eine Säge. Die Töne waren furchtbar gewesen. Dagegen war auch die Kunst des Geigenbauers machtlos. Der Violinlehrer hatte immer wieder gemurmelt: ‚Ich verstehe es nicht, ich verstehe es nicht.' Und meine Mutter hat sich die Ohren zugehalten. Nach einer Weile hatte ich gesiegt. Die Violine wurde auf den Dachboden gestellt. Mutter und Lehrer glaubten, sich getäuscht zu haben. Meinem Gehör hat das nicht geschadet. Hauptsache, ich war von diesem zusätzlichen Joch befreit. Damals habe ich begriffen, daß ich mich durchsetzen kann. Sie sollten das auch begreifen, Herr Teuchert."

Aus Teucherts Gesicht war alles Blut verschwunden.

„Herr Teuchert, Sie haben von mir nichts zu befürchten. Wenn Sie vernünftig sind. Die Sache ist ganz einfach. Sie waren clever, sehr clever. Ich vermute, niemand wird Ihnen auf die Schliche kommen. Sie haben sich gesagt, wer clever ist, gewinnt. Sie haben recht. Ich sehe das genauso. Ihr Pech, daß Sie, zugegeben per Zufall, auf jemanden getroffen sind, der zumindest ebenso clever ist wie Sie. Und der, das werden Sie zugeben, die besseren Karten hat."

Teuchert war in sich zusammengesunken. Leise sagte er: „Sie wollen das Geld."

„Ich sehe, wir verstehen uns."

„Und wenn ich nein sage?"

„Das würde mich überraschen. Natürlich können Sie nein sagen, Herr Teuchert. Theoretisch. Theoretisch ist immer alles möglich im Leben. Nur praktisch, praktisch denke ich, haben Sie diese Möglichkeit nicht. Selbst wenn Ihnen das Geld lieber wäre als Ihre Freiheit – glauben Sie denn, das Geld würde Ihnen bleiben, wenn die Polizei wüßte, daß Sie der Täter sind?"

„Man kann mir nichts beweisen, nichts."

Teuchert kam ihr jetzt vor wie ein kleines Kind, das kurz davor ist, mit dem Fuß aufzustampfen.

„Herr Teuchert, lassen Sie uns vernünftig miteinander reden. Sie haben keine Chance. Entweder Sie wählen die Freiheit. Dann müssen Sie auf das Geld verzichten. Oder Sie wählen das Geld. Dann verlieren Sie beides."

Teuchert schwieg. Dann fragte er: „Alles? Und wenn ich es nicht mehr hätte?"

„Wir wollen uns nicht in Hypothesen verlieren. Sie haben es. Dieses oder anderes. Was sind schon siebenundvierzigtausend läppische Mark im Vergleich zur Freiheit. Bankraub und Freiheitsberaubung nennt man das, was Sie gemacht haben. Vier Jahre, wenn Sie Glück haben. Sechs sind wahrscheinlicher. Ihren Job sind Sie dann auch los. Und einen neuen werden Sie dann, wenn Sie rauskommen aus dem Knast, wohl kaum noch bekommen. Sie sollten froh sein, daß ich Ihnen diese Chance gebe."

„Sie kämen auch in den Knast. Was Sie machen, ist Erpressung. Dafür verteilt der Staatsanwalt auch keine Verdienstorden."

Verena lachte. „Herr Teuchert, Herr Teuchert, Sie träumen. Wer sollte Ihnen glauben? Und warum sollten Sie sich selbst ans Messer liefern? Nur wegen der vagen Hoffnung, mir eins auswischen zu können? Seien Sie doch vernünftig." Verena trank einen Schluck. „Übrigens, bei der Polizei war ich schon. Natürlich kannte ich Sie nicht. Trotz der Belohnung, mit der sie gelockt haben. Die würde ich immer noch bekommen, wenn mir nachträglich etwas einfiele."

„Wer sagt mir denn, daß Sie mit dreiundvierzigtausend, denn mehr waren es wirklich nicht, zufrieden sind? Daß Sie nicht immer mehr fordern von mir?"

Verena mußte zugeben, daß sie an seiner Stelle ähnliche Sorgen gehabt hätte. Aber das sollte sein Problem sein, nicht das ihre.

„Wir sollten bei siebenundvierzigtausend bleiben", sagte sie scharf. „Wir sind hier nicht auf einem Basar. Und was Ihre Frage angeht: Eine Garantie kann ich Ihnen nicht geben. Selbstverständlich nicht. Nur mein Wort. Und natürlich die Logik des gesunden Menschenverstandes."

„Das müssen Sie mir erklären, Monika." Zum erstenmal an diesem Abend hatte er Sie Monika genannt. Unser Gespräch macht Fortschritte, dachte Verena.

„Das ist ganz einfach, Herr Teuchert. Wer überreizt, verliert das Spiel. Das ist bei Siebzehnundvier so, und das gilt auch zwischen uns."

Und beim Pokern? dachte Teuchert. Woher, verdammt noch mal, soll ich wissen, daß diese geldgeile kalte Ziege ihr Wort hält? Mit seiner plötzlich aufsteigenden Wut kehrte auch seine Kraft wieder zurück. Und sein Verstand begann, wieder normal zu arbeiten.

„Okay, Monika. Ich werde darüber nachdenken. Wo kann ich Sie erreichen?"

Verena spürte, daß sie jetzt auf der Hut sein mußte. „Nirgends können Sie mich erreichen. Wenn, dann erreiche ich Sie. Aber dafür gibt es keine Notwendigkeit. Alles, was zu besprechen ist, können wir jetzt tun." Verena sah ihm fest in die Augen. „Heute ist Dienstag. Am Freitag treffen wir uns hier um dieselbe Zeit. Sie werden das Geld in einer unauffälligen Tasche mitbringen. Wir werden ein Kölsch zusammen trinken, wie heute abend. Und dann werde ich mit der Tasche gehen. Sie, Herr Teuchert, bleiben noch eine Weile sitzen, bezahlen dann das Bier und gehen auch. Und wir werden uns nie mehr wiedersehen."

Teuchert hatte Ihrem Blick die ganze Zeit standgehalten. „Haben Sie eigentlich keine Angst, Monika, daß Ihnen etwas zustoßen könnte?"

„Nein, denn ich halte Sie weder für gewalttätig noch für dumm. Aber natürlich verlasse ich mich nicht allein auf meine Einschätzung. Was ich weiß, habe ich aufgeschrieben und an sicherer Stelle hinterlegt. Ich kann mir nicht vorstellen, daß Sie wollen, daß der Inhalt der Polizei bekannt wird. Nein, Sie werden mir nichts tun."

In ihrer Stimme war nicht das geringste Vibrieren. Teuchert war erneut erstaunt, wie abgebrüht diese junge Frau, die sich Monika nannte, auftrat. Er ahnte nicht im geringsten, daß Verena van Denbroek nichts von dem, was sie gesagt hatte, schriftlich festgehalten hatte. Sie dachte auch überhaupt nicht daran, das zu tun. Ihr war Sicherheit genug, daß Teuchert ihr glaubte.

„Also, dann bis Freitag um diese Zeit. Guten Abend, Herr Teuchert." Verena van Denbroek stand auf, drehte sich um, holte ihren Mantel vom Haken, zog ihn über und ging, ohne sich noch einmal umzusehen.

Teuchert war wie benommen. Nur jetzt die Nerven nicht verlieren. Er mußte ihr nach, mußte sehen, wohin sie ging oder fuhr. Er kramte in seinem Portemonnaie nach einem Fünfmarkstück, fand keines, griff einen Zehnmarkschein, legte ihn auf den Tisch und eilte nach draußen. An der Theke mußte er sich durchkämpfen, da die Besucher dort jetzt eng gedrängt standen. Endlich war er draußen. Er sah sich um. Da, dort, bereits zwischen dem Brunnen und der Laurentiuskirche, lief sie. Mit wenigen Schritten hatte er den Bergischen Löwen erreicht. Peinlich darauf bedacht, kein Geräusch zu verursachen, aber so schnell wie möglich, glitt er an der Fassade entlang. Sie sah sich um. Er war sicher, daß sie ihn im Schatten der Vorsprünge und Erker des rostroten Gebäudes nicht hatte sehen können. Jetzt schloß sie die Wagentür auf und stieg ein. Er beschleunigte seinen Schritt. Das Autokennzeichen. Er mußte wenigstens das Kennzeichen noch sehen. Als er die Laurentiusstraße erreichte, leuchteten die Rücklichter bereits auf der Höhe des Fahrradladens. Er kniff die Augen zusammen. Wenigstens das hatte er geschafft. Erschöpft lehnte er sich an sein Auto. Mit dem Kennzeichen ließ sich etwas anfangen. Wer clever ist, gewinnt, hatte sie gesagt. Abwarten, mysteriöse Monika, wer von uns beiden wirklich der Cleverere ist.

15

Wenige Minuten später war Peter Teuchert zurück in seiner paläozoischen Meereslagune. Die Straßen waren um diese Zeit fast leer. Einer der Vorzüge von Bergisch Gladbach, daß sie nur der Einwohnerzahl nach eine Großstadt war. Er stellte den Wagen ab und stieg langsam die Stufen zu seiner Wohnung nach oben. Der Mond stand voll über der Schlade und tauchte das dichtbewachsene schmale Tal in ein gespenstisches Licht. Wäre Teuchert in einer anderen Stimmung gewesen, hätte er das wahrscheinlich als romantisch empfunden. Als er an der Haustür angekommen war, schob sich eine dicke Wolke über den von der Sonne angestrahlten Erdtrabanten. Es war plötzlich stockdunkel. Peter Teuchert drückte den Schalter der Außenbeleuchtung. Sie blieb dunkel. „Mist, wieder defekt", fluchte er leise. Er nestelte in seiner linken, dann in seiner rechten Hosentasche. Nichts. In der Innentasche seines Sakkos fand er endlich Streichhölzer. Bei dem Versuch, eines anzustreichen, fiel ihm der Schlüssel auf den Boden. Seine Hände zitterten. Endlich hatte er das brennende Streichholz in der einen, den Schlüssel in der anderen Hand und schaffte es aufzuschließen. Ihn fröstelte, obwohl es nicht kalt war.

Er machte Feuer im Kamin, holte sich eine Flasche Glenfiddich aus dem Schrank und eine Decke aus dem Schlafzimmer und setzte sich. Nach dem zweiten Schluck wurde ihm wärmer. Seit einem Besuch in der gleichnamigen schottischen Destillerie hatte er immer einen Vorrat dieses Malzbrandes in der Wohnung. Er stand wieder auf. Er brauchte jetzt Musik. Irgend etwas. Er griff die erste CD und legte sie ein, ohne auf den Titel zu achten. Sergej Rachmaninoff, Klavierkonzert Nr. 2 c-Moll. Wuchtig und unheilvoll schlugen die Eingangsakkorde, dann erzeugten die Streicher in ihm das Bild der unendlich weiten russischen Taiga. Er sah sich als kleinen

Punkt über die hart gefrorene Erde laufen. Ein kalter Schauer fuhr ihm über den Rücken. Schnell kehrte er zu seinem Platz vor dem Kamin zurück und wickelte sich in die Decke ein.

Bis heute abend war alles gut gegangen. Er hätte verstanden, wenn ihm beim ersten Mal ein Fehler unterlaufen wäre. Meine Güte, war er damals nervös gewesen. Auch beim zweiten Mal noch. Aber diesmal? Er hatte alles so gut vorbereitet, gut, bis auf den Fluchtweg, wenn der Einsatz des Streifenwagens tatsächlich ihm gegolten hätte. Aber ansonsten ein perfekter Plan, eine vollendete Ausführung. Niemand hätte in ihm den Täter vermutet. Bankräuber kamen aus einem anderen Milieu. Ihm würde man eher Manipulationen an der Firmenkasse zuordnen. Doch in diesem Bereich konnte er mit seiner Weste in der Waschmittelwerbung auftreten.

Wieso hatte sie seine Stimme wiedererkannt? War er ihr früher schon einmal begegnet? Nein, so sehr er auch nachdachte, er konnte sich nicht an sie erinnern. Sie war ausgesprochen attraktiv, dachte Teuchert. Hätte er sie zuvor schon einmal irgendwo gesehen oder gesprochen, dann wüßte er es. Gesprochen? Konnte es sein, daß Sie bei irgendeiner früheren Gelegenheit seine Stimme gehört hatte? Aber wo sollte das gewesen sein? Überall und nirgends. Verdammt, wofür war das wichtig. Er konnte nicht die ganze Nacht dasitzen und darüber nachdenken. Was würde das ändern, wenn er es wüßte? Und wie sollte er zu diesem Wissen allein durch Nachdenken gelangen? Verlorene Zeit. Anderes war jetzt viel wichtiger.

Peter Teuchert trank das Glas mit einem kräftigen Schluck leer und schenkte sich erneut ein.

Er könnte sich absetzen. Portugal. Oder besser gleich Brasilien. Einen Flug buchen, hier alles stehen- und liegenlassen. Aber sollte er durch eine übereilte Flucht alles aufs Spiel setzen? So weit, daß er verschwinden konnte, war er noch nicht. Außerdem würde diese Monika mit Sicherheit die Polizei informieren. Dezent, sie war ja nicht dumm. Wenn er nicht mehr bei Fertgen erschien, würden die Bullen vielleicht auch ohne diese

Monika die richtigen Schlüsse ziehen. Und dann wäre er für den Rest seines Lebens auf der Flucht. Nein, verdammt noch mal, so hatte er sich das nicht vorgestellt. So nicht.
Der Rachmaninoff war zu Ende. Teuchert brauchte die Musik, um klar denken zu können. Er wählte jetzt Mahlers Fünfte, die Pathetique. Etwas Beschwingtes konnte er nicht gebrauchen in seiner Stimmung. Teuchert griff nach der Flasche und dachte gleichzeitig, daß er nicht so viel trinken dürfe, jedenfalls nicht, ohne zu essen. Er holte sich zwei Stück trockenes Brot aus der Küche und schenkte sich dann noch einen Whisky ein.
Was wäre, wenn er dieser Monika tatsächlich die dreiundvierzigtausend von der Deutschen Bank geben würde? Würde sie dann Ruhe geben? „Eine Garantie kann ich Ihnen nicht geben“, hatte sie auf seine Frage geantwortet. Erpresser waren unersättlich. Sie lassen von ihrem Opfer erst dann ab, wenn sie es blutleer gesaugt haben. Sie würde mit siebenundvierzigtausend nicht zufrieden sein, schon gar nicht mit dreiundvierzigtausend. Wenn er jetzt zahlte, würde er immer zahlen müssen. Nein, er durfte nicht zahlen. Zahlen war keine Lösung.
Teuchert nahm noch einen Schluck Glenfiddich. Dann biß er ein Stück Brot ab. In den Klängen von Mahler stiegen die Bilder von Thomas Manns „Tod in Venedig“ in ihm auf. Plötzlich atmete das ganze Zimmer Tod und Verwesung. Tod, dachte er, Tod ist etwas endgültiges. Eine Tote konnte keine Forderungen mehr stellen. Er drehte das Glas nachdenklich zwischen seinen Fingern. Dann legte er einen kräftigen Scheit auf das Feuer und zog die Decke fester um sich.

16

Er stand vor der Deutschen Bank und schwitzte leicht in seinem abgetragenen Kamelhaarmantel. In seiner rechten Hand hielt er eine gelbe Plastiktüte. Sie war schwer, so schwer, daß er sie kaum halten konnte. Sie war bis zum Rand mit Geldscheinen und Münzen gefüllt. Am Ende des Bürgersteigs stand Monika. Sie schrie. Erst konnte er nicht verstehen, was. Dann hörte er es deutlich. „Das ist der Bankräuber. Haltet ihn. Nehmt ihn fest. Er hat die Bank ausgeraubt."

Vera Lindner trat aus der Tür der Bank. „Schreien Sie nicht so", rief sie. „Lassen Sie den Mann in Ruhe! Er ist ein lieber, alter Italiener. Haben Sie etwas mehr Respekt vor alten Menschen!"

Plötzlich fuhr ein Polizeiauto mit Blaulicht vor und hielt mit quietschenden Reifen.

„Das ist er, das da ist der Bankräuber", rief Monika.

Die Polizisten sprangen aus dem Wagen. Sie wuchsen, als würden sie aufgeblasen. Übergroß kamen sie auf ihn zu. Er versuchte wegzurennen. Aber er bewegte sich nicht von der Stelle. Der eine Polizist zog Handschellen aus der Tasche.

„Ach, da bist du ja. Dich haben wir schon lange gesucht."

Teuchert hielt krampfhaft die Tüte mit dem Geld fest. „Ich habe mit der ganzen Sache nichts zu tun", schrie er. „Die da, die müßt ihr festnehmen." Und er zeigte mit der freien linken Hand auf Monika. „Die ist an allem schuld. Das ist eine Erpresserin."

„Ist ja schon gut", sagte der Polizist, „das wissen wir doch schon." Er packte Teucherts Handgelenke und ließ die Handschellen zuschnappen.

Schweißgebadet schreckte Teuchert hoch. Er schaute sich um, hob seine Hände, blickte auf sie. Keine Handschellen. Er atmete auf. Mühsam erhob er sich. Das Feuer war heruntergebrannt und er brauchte eine Weile, bis er es wieder zum

Lodern gebracht hatte. Aus der Küche holte er sich ein Mineralwasser. Kaum hatte er sich erneut in den Sessel vergraben, schlief er wieder ein.

Eine grelle Lampe blendete ihn. Sie schien ihm mitten ins Gesicht. Der Stuhl, auf dem er saß, war sehr hart. „Durst“, hörte er sich sagen, „Durst.“

„Wenn wir hier fertig sind, bekommen Sie etwas zu trinken.“ Die Stimme kam von jemandem hinter der Lampe. Er konnte nur dessen Umrisse sehen. „Was wollen Sie von mir?“ keuchte er.

„Zum Beispiel möchte ich wissen, warum Sie, ein intelligenter Mensch, Banken ausrauben“, sagte die Stimme mit einem metallischen Klang.

„Wenn Sie in Ihrer Firma Geld unterschlagen hätten, ja, das könnte ich verstehen. Sie in Ihrer Position!“

„In meiner Position! Was verstehen Sie denn schon davon. Ich bin doch nur Sternburgs Steigbügelhalter, nichts anderes.“

„Aber, aber, Herr Teuchert, Sie hatten doch Zugriff auf alles. Wenn Sie Geld brauchten, warum haben Sie es sich nicht aus der Firma geholt. Warum denn nicht?“

„Durst. Ich habe so entsetzlichen Durst.“

„Sagen Sie uns, warum Sie es zum Beispiel nicht mit Unterschlagung versucht haben, sondern auf Bankraub verfallen sind. Wenn Sie uns das sagen, dann bekommen Sie was zu trinken.“

Teuchert stöhnte auf. „Ich habe es doch versucht. Zwecklos, alles zwecklos. Alle Buchungen bei uns laufen über Breuer. Den kann man nicht hintergehen. Der rechnet alles nach, will für alles Belege, läßt sich alle Unterlagen vorlegen. Breuer erstattet jeden Monat Fertgen, dem alten Fertgen, Bericht. An Breuer hätte ich keine müde Mark vorbeibekommen.“

„So, so, hätten Sie nicht. Aber bei den Banken haben Sie sich mehr Chancen ausgerechnet? Was? Sie sehen ja, wie weit Sie damit gekommen sind. Stehen Sie auf, Herr Teuchert.“

Teuchert erhob sich. Jetzt blendete ihn die Lampe nicht mehr so stark. Die Lampe verschwand ganz. Er stand plötzlich in einem Gerichtssaal. Hinter der eichenen Richterbank, die so hoch war, daß er den Kopf in den Nacken legen mußte, um die Richter in ihren schwarzen Talaren sehen zu können, hing ein riesengroßes Kreuz, schwer und drohend.
„Im Namen des Volkes, Herr Peter Teuchert, verurteile ich Sie wegen Bankraub mit Freiheitsberaubung und wegen Mißbrauch des in Sie gesetzten Vertrauens aus Eigennutz zu sechs Jahren Zuchthaus bei Wasser und Brot. Das Wasser steht schon vor Ihnen."
Teuchert griff mit der Hand nach dem Glas, das plötzlich vor ihm stand. Es klirrte. Er schreckte auf. Auf dem Boden lagen Scherben. Um sie herum war es feucht. Er war wieder wach. Verdammte Angstträume. Was war nur los mit ihm? Seine Nerven. Vier Banken hatte er erleichtert. Nie hatte es Probleme gegeben. Und jetzt? Sein Problem war diese Monika. Er mußte, er würde es lösen. Sonst war er erledigt.

17

Das Telefon schellte. Teuchert war es, als ob der elektronische Vierklang von weither angeschwebt käme. Warum geht denn niemand an den Apparat? Plötzlich wußte er, daß es sein Telefon war, das diese Geräusche von sich gab. Er öffnete die Augen. Ein stechender Schmerz durchfuhr seinen Schulterbereich. Mühsam kam er aus dem Sessel hoch. Das Telefon läutete immer noch. Er hob ab. Am anderen Ende der Leitung hörte er Gesines Stimme. Sie klang aufdringlich frisch.

„Gott sei Dank, Herr Teuchert, Sie sind da. Wir haben uns schon Sorgen gemacht."

„Sorgen, Gesine? Warum denn das? Wie spät ist es?"

„Gleich elf, Herr Teuchert."

„Meine Güte, schon elf." Teuchert sammelte seine Gedanken. „Ich habe verschlafen. Ich, ich habe bis in die frühen Morgenstunden an einer neuen Idee gearbeitet. Irgendwann muß ich eingeschlafen sein. Mein Gott, Sessel sind unbequem zum Schlafen. Mir tun alle Knochen weh. Habe ich heute morgen Termine?"

„Nein, zum Glück nicht, so weit ich das weiß. Herr Sternburg wollte Sie sprechen. Er hat auch gesagt, daß ich Sie anrufen soll."

Sternburg. Dieser Idiot. Kümmert sich um nichts, kommt fast immer erst mittags ins Büro, und ausgerechnet heute mußte er schon morgens nach ihm verlangen. „Gesine, sind Sie noch da?"

„Ja, Herr Teuchert. Was soll ich Herrn Sternburg ausrichten?"

„Sagen Sie ihm, wie es ist. Ich dusche jetzt, ziehe mich an und bin in, sagen wir, einer Dreiviertelstunde da. Machen Sie mir bitte einen Kaffee. Einen tief-, tiefschwarzen, Gesine, ja?"

„Selbstverständlich, gerne Herr Teuchert. Sie brauchen sich nicht zu eilen. Ich glaube, Herr Sternburg ist gleich außer Haus.“

„Danke, Gesine. Bis gleich.“ Teuchert schleppte sich ins Bad. Heute brauchte er die Dusche vor dem Rasieren, sonst würde er gleich aussehen wie ein Corpsstudent nach der ersten Mensur. Wie kleine Hitzepfeile stießen die Wasserstrahlen aus dem Duschkopf heraus und auf seine Haut. Er fühlte, wie seine Schultern sich unter der nassen Wärme entspannten. Jetzt eine Massage, das wäre schön. Nur daliegen, Wärme spüren und zarte Hände, die über seinen Rücken streichen würden. Die meisten Menschen dachten, Massage müßte immer weh tun. So ein Unsinn. Es gab viele verschiedene Methoden, die Muskeln zu lockern und zu entspannen. Hätte er sich rechtzeitig um Friederike gekümmert und sie nicht diesem Sternburg überlassen, dann müßte er sich jetzt nicht eilen, ins Büro zu kommen. Dann könnte er sich in Ruhe eine Massage leisten. Im Büro hätte er seinen Teuchert, der ihm den Rücken freihielt, wie er Sternburg. Hätte er dann heute morgen eine Massage überhaupt dringend nötig?

Plötzlich hatte er diese ominöse Monika wieder vor Augen, und schlagartig verschwand das gerade erst erlangte Gefühl der Frische wieder aus seinem Körper. Seltsam, daß er nicht schon beim Klingeln des Telefons an sie gedacht hatte. Immerhin war sie schuld daran, daß er sich so miserabel fühlte. Er mußte unbedingt eine Lösung finden. Und er würde sie finden! Mit einem jähen Ruck schwenkte er den Hebel des Einhandmischers nach rechts. Der Wechsel auf eiskaltes Wasser nahm ihm fast den Atem. Trotzdem tat das gut. Teuchert stellte das Wasser ab und stieg aus der Duschwanne. Die Wassertropfen hingen wie kleine Perlen auf seiner hellbraunen Haut. Er trocknete sich ab. Aus der Dose drückte er sich einen Golfball aus Rasierschaum auf die linke Hand und verrieb ihn auf sein angefeuchtetes Gesicht. Jetzt konnte er im Spiegel nicht mehr sehen, wie blaß er immer noch war, obwohl das

Duschen seinen Kreislauf hochgetrieben hatte. Es gelang ihm, sich zu rasieren, ohne der Gesichtshaut einen Schnitt zuzufügen.
Eine halbe Stunde später saß er in seinem Büro und trank den tiefschwarzen, heißen Kaffee. Wie Gesine vermutet hatte, war Sternburg ausgeflogen. Sie sagte, er würde heute auch nicht mehr hier erscheinen. Das war gut so.
Aus dem Telefonbuch suchte er die Nummer der Kfz-Zulassungsstelle heraus und nannte der Dame, die sich am anderen Ende der Leitung meldete, das Kennzeichen des Porsche. Der Wagen habe ihn beim Überholen leicht gestreift. Nein, sicher habe die Fahrerin nichts davon gemerkt. Aber der Lackschaden bei ihm müsse behoben werden. Deshalb brauche er die Halterdaten des fremden Fahrzeugs. Teuchert hatte damit gerechnet, die Auskunft werde davon abhängig gemacht, daß er seinerseits seine Personalien und das Kennzeichen seines Wagens angebe. Natürlich hatte er Fremddaten parat. Aber zu seinem Erstaunen fragte die Dame der Zulassungsstelle nichts dergleichen, sondern teilte ihm, nach Rücksprache mit ihrem Computer, die gewünschten Daten mit.
Verena van Denbroek. Ein wohlklingender Name. Ein Blick ins Telefonbuch förderte ihre Telefonnummer zutage, aber keine Berufsbezeichnung. Nun gut, er hatte die Adresse. Er würde sich mal näher ansehen, wie diese Monika alias Verena wohnte. Der Stadtplan, den er immer in Griffnähe hatte, zeigte, daß die Ackerstraße in Refrath lag. Eine gute Wohngegend mit satten Grundstückspreisen. Am liebsten wäre er jetzt sofort aufgebrochen. Doch ein paar Stunden wenigstens mußte er noch im Büro zubringen. Aber was machte das schon aus. Nachdenken konnte er auch an seinem Schreibtisch.

18

Hallo, Verena, das ist ja ein schöner Zufall, dich hier zu treffen. Ich habe schon mehrfach versucht, dich telefonisch zu erreichen." Franz Sternburg begrüßte Verena van Denbroek herzlich, aber doch mit jener Distanz, die er in der Öffentlichkeit einer Fußgängerzone für erforderlich hielt.

„Franz! Was machst du denn um diese Tageszeit hier?"

„Ich mußte einfach etwas frische Luft schnappen. Den ganzen Tag habe ich mit Verträgen, Preisen, Bilanzen zugebracht. Mir brummt der Schädel. Aber jetzt, wo ich dich getroffen habe, geht es mir schon wieder phantastisch. Trinken wir einen Kaffee zusammen? Komm, laß uns da drüben ins Schloßcafé gehen."

Verena war unentschlossen. Das letzte Zusammentreffen mit Franz Sternburg hatte sie sich anders vorgestellt. Was mußte er auch gerade jetzt hier herumlaufen! Andererseits konnte sie seine Einladung schlecht abschlagen. Und was sie zu bereden hatten, das konnte auch im Café geschehen. „Ja, ein Kaffee, ich glaube, das ist genau das, was ich jetzt gebrauchen könnte."

Sie gingen nebeneinander noch einige Schritte die Schloßstraße hinunter in Richtung neues Rathaus, das immer noch so genannt wurde, obwohl es schon lange nicht mehr neu war und die erste größere Renovierung bereits anstand. Zwischen dem Engelbert- und dem Michaelsturm, die beide ebenso wie die Umfassungsmauer und der Bergfried aus dem Mittelalter stammten, schraubte sich der neuzeitliche, aus Beton gegossene Treppenturm des Rathauses in den blauen Himmel.

„Wußtest du, Franz, daß das alte Schloß, auf das du gerade schaust, in der Mitte des letzten Jahrhunderts als Frauenkloster diente?" Natürlich erwartete sie nicht, daß Franz das wußte. Wahrscheinlich wußte er noch nicht einmal, daß Professor Böhm, der Architekt, das neue Rathaus gebaut hatte und dabei die im 12. Jahrhundert von den Grafen von Berg als Stützpunkt gegen Kurköln angelegte Ringburg genutzt hatte, die später das alte Schloß genannt wurde. Verena hatte ihn bisher mit seiner kulturellen Halbbildung noch nie aufgezogen. Aber jetzt war ihr danach.

„Ein Frauenkloster? Ich glaube, ich habe mal so etwas gelesen."

Geschickt, dachte sie, wie er seine Unkenntnis immer zu kaschieren weiß. Würde es heute noch diesem Zwecke dienen, dann wüßte er es bestimmt. Und er hätte sicher auch die Lage unterirdischer Zugänge in Erfahrung gebracht, um Stelldicheins mit jungen hübschen Nonnen zu pflegen.

„Das hast du gelesen? Dann weißt du sicher auch, daß die Grafen von Berg im siebzehnten Jahrhundert den Bischof von Köln in diesem alten Schloß drei Jahre lang bei Wasser und Brot gefangengehalten und nur gegen das Zugeständnis freigelassen haben, daß er ihnen die Herrschaft über Belgien überließ?" Sie sah ihn mit unschuldigen Augen fragend an.

Franz reagierte schnell. „Aber Verena, das ist doch allgemein bekannt. Warum sollte ich das nicht wissen?"

„Tja, mein lieber Franz, hereingefallen, und zwar tief. Erstens habe ich das gerade frei erfunden, und zweitens gibt es Belgien als Staat erst seit 1830. Und drittens: wie hätte der Erzbischof von Köln über ein Gebiet, das zu dieser Zeit zu einem Teil spanisch war, zum anderen niederländisch, verfügen können?"

„Verena, so kenne ich dich gar nicht. Was bist du plötzlich so streitlustig? Ich muß mich ja richtig vorsehen mit dem, was ich sage." Franz Sternburg sah sie irritiert von der Seite an.

Ich darf mich nicht so gehenlassen, dachte Verena, sonst verderbe ich mir noch alles. „Entschuldige, Franz, so war es nicht gemeint. Ich habe doch auch erst heute morgen darüber gelesen und wollte einfach mit meinem frischen Wissen ein wenig angeben", log sie. „Sei mir nicht böse."

Franz war es nur recht, daß Verena einlenkte.

„Ich beneide dich, Verena, daß du morgens schon Zeit hast, dich mit solch interessanten Dingen zu beschäftigen, während ich sehen muß, wie ich mein Geschäft zum Florieren bringe."

Mit einem Seufzer öffnete er die Tür zum Schloßcafé, vor dem sie jetzt angekommen waren, und ließ ihr galant den Vortritt. Verena glaubte, sich aus der Tanzstunde an eine Regel zu erinnern, nach der Herren die Gasträume vor den Damen zu betreten haben. Es würde sie jedenfalls nicht wundern, wenn Franz auch hier alte Schule nur spielen würde, ohne sie zu beherrschen. Sie sagte aber nichts dazu, sondern lächelte ihn nur an, als sie an ihm vorbei das Café betrat.

Der Gastraum war fast leer. Nur an einem Tisch, direkt am Fenster gelegen, saßen drei ältere Damen, und naschten an dicken Torten mit kräftigen Sahneklecksen darauf. Franz schob sich an Verena vorbei und steuerte einen der im hinteren Teil gelegenen Tische an. Verena folgte ihm.

„Ist es dir hier recht?"

Obwohl sie es haßte, sich in die letzte Ecke zu verkriechen, nickte sie nur und nahm Platz. Aus Franzens Sicht konnte sie verstehen, daß er das Risiko, von Bekannten, ja womöglich sogar von Friederike, mit ihr zusammen gesehen zu werden, so gering halten wollte, wie es nur ging. Die Bedienung kam sofort. Kein Wunder. Wahrscheinlich war ihr langweilig. Er bestellte für sie beide zwei Kaffee.

„Und noch eine Waffel", ergänzte Verena.

„Zwei Waffeln." Leckereien war Franz immer zugetan.

Sie saßen schweigend und sahen sich an. Seit sie sich näher kannten, war es das erste Mal, daß sie in Bergisch Gladbach zusammen ausgingen. Bisher hatten sie sich entweder in Verenas Haus getroffen oder sie fuhren zum Essen nach Düsseldorf oder ins Ruhrgebiet. Letzteres geschah recht selten, denn beide hatten immer gefunden, daß von dort der Weg in Verenas Bett reichlich weit war.

Verena brach das Schweigen. „Du hattest versucht, mich anzurufen?"
„Ja, ich wollte dich fragen, wann wir uns sehen. Der Montag ist schon wieder sooo unheimlich weit weg." Er lachte.
„Heute ist doch erst Donnerstag", stellte sie sachlich fest. „Wie ist es dir denn in den letzten Tagen ergangen?"
„Ach, es war furchtbar. Arbeit über Arbeit. Seit gestern ist Friederike wieder zurück und verlangt auch ihren Teil. Wenn du mich abends erwarten würdest, das wäre mir lieber."
„Warum läßt du dich nicht scheiden und heiratest mich?" Verena wußte, daß er diese Frage nicht ausstehen konnte, und daß sie sich das ernstlich gewünscht hatte, war seit Montagabend vorbei.
„Verena!" Er schaute sie empört an.
„Warum denn nicht? Dann könntest du immer mit mir zusammen sein. Offen. Wir müßten nicht dauernd Verstecken spielen."
„Verena, warum quälst du mich. Du weißt doch, daß ich im Augenblick nicht im entferntesten daran denken kann. Es wäre unfair gegenüber Friederike. Ihr Vater würde es kaum überleben. Und die Firma käme total ins Schlingern, wenn ich ginge. Denn daß im Falle einer Trennung von Friederike die Vertrauensbasis auch im Geschäftlichen zerstört wäre, liegt doch auf der Hand. Nein, Verena, ich darf nicht nur an, äh, an uns denken. Jetzt noch nicht."
„Aha, jetzt noch nicht", erwiderte sie spitz, „wann denn?"
„Habe noch ein wenig Geduld. Im Augenblick ist die Situation wirklich mehr als ungünstig. Aber ich bin sicher, es wird nicht mehr lange so sein."
Verena hatte keine Lust, sich länger diese Ausflüchte anzuhören. Die kannte sie. Es gab andere, auf die sie viel mehr gespannt war. „Ja, Franz, du kannst das sicher besser einschätzen als ich. Entschuldige, daß ich davon angefangen habe."
Franz Sternburg atmete auf. „Ist schon gut, Entschuldigung angenommen."

„Es war so schön am Montag morgen. Schade, daß du abends nicht konntest. Wie war denn dein Geschäftstermin? Hat es sich wenigstens gelohnt?“ Erwartungsvoll beobachtete sie ihn, wobei sie sich bemühte, ihrem Gesicht einen mitleidigen Ausdruck zu geben.

„Halb und halb. Du weißt ja, wie Termine am Abend mit Geschäftspartnern sind. Sie erzählen tausend private Geschichten, und wenn man dann endlich zum Thema vordringt, können sie sich nicht entscheiden, zögern alles hinaus und vertrösten einen auf später.“ Franz Sternburg seufzte.

„Du Armer!“ Verena van Denbroek strich ihm mitfühlend über die Hand. „War er denn schon sehr senil?“

„Senil ist gar kein Ausdruck. Ich sage immer, Männer um die sechzig sollten keine verantwortliche Position in Firmen mehr haben. Sie sind einfach zu alt.“

„So, er war schon um die sechzig.“

„Wie sagst du das komisch.“ Franz war irritiert.

„Ich sage das überhaupt nicht komisch, mein lieber Franz. Wenn hier jemand komisch ist, dann bist du es.“

„Ich? Wieso bin ich komisch?“

„Weil du so tolle Geschichten erfinden kannst.“

„Tolle Geschichten? Erfinden?“

„Dein Geschäftspartner, mein lieber Franz, hatte für sein Alter aber noch recht volles Haar. Und so blond und lang, daß ihn jede Frau darum beneiden würde.“

„Aber Verena . . .“

„Spar dir Deine Ausflüchte. Büro, gut. Friederike, okay. Aber mir den liebestollen Hahn vorzuspielen und danach, am selben Tag noch diese Henne zu besteigen und mir was von Geschäften vorzujammern – für wie blöde hältst du mich eigentlich?“

Franz fühlte sich ertappt. Was ihn aber mehr traf und gleichzeitig auch zornig machte, war der Ton, waren die Worte, die sie gebrauchte. Was bildete sie sich eigentlich ein? Er konnte tun und lassen, was er wollte. Er war ein freier Mann, ein in jeder Hinsicht erfolgreicher dazu. „Bin ich dir Rechenschaft schuldig? Es hätte dich doch nur verletzt, wenn ich es dir gesagt hätte. Es ist doch nicht meine Schuld, wenn ich mir woanders holen muß, was du mir nicht geben kannst oder willst!“ Franz Sternburg hatte sich in seinem verletzten Stolz richtig in Rage geredet.

Verena van Denbroek hatte nicht damit gerechnet, daß Franz es wagen würde, sie auch noch anzugreifen. Sie hatte Schluß machen, aber ihn doch weitgehend schonen wollen. Und jetzt diese Frechheit. Das wollte sie sich nicht bieten lassen. „Wenn du meinst, Franz. Niemand hat dich gezwungen, mich zu besuchen. Niemand hat dich gezwungen, Friederike zu betrügen.“

„Laß Friederike aus dem Spiel!“ rief er.

Warum eigentlich, schoß es Verena durch den Kopf. „All dein Gesäusele von wegen ‚Das kann ich Friederike nicht antun!‘ Du bist doch nur scharf auf die Firma und das Geld!“

Franz spürte, daß ihr Gespräch eine Wendung nahm, die ihm nicht lieb sein konnte. „Verena, das ganze ist eine Sache zwischen uns, nur zwischen uns. Vermenge es nicht mit Dingen, die hier nicht hergehören!“

Doch Verena war nicht mehr zu bremsen. Wenn es sein mußte, konnte sie tausendmal schneller denken als alle diese superschnellen Computer in den Büros. „Ob Friederike das auch so sieht? Da bin ich mal gespannt!“

Franz Sternburg wurde bleich. „Du denkst doch nicht im Ernst daran, Friederike was zu sagen? Verena, ich bitte dich! Bitte!“ Er versuchte, seine rechte Hand auf die ihre zu legen. Aber sie war schneller und hatte sie bereits zurückgezogen.

„Du hättest so nicht mit mir reden sollen. Ich habe vorher nicht daran gedacht. Jetzt, jetzt denke ich nicht nur daran, sondern ich bin entschlossen, das zu tun.“

Ihr Blick war ganz Triumph, als sie sah, wie er zusammenzuckte.

„Warum willst du mich ruinieren?“
„Ich? Ich wollte dich ruinieren? Du hast dich selbst ruiniert. Ich leiste Friederike nur einen kleinen Freundschaftsdienst von Frau zu Frau, damit sie nicht mit dir zugrunde geht.“
„Verena, Liebste . . .“
„Nenn mich nicht mehr Liebste, Franz Sternburg!“ fuhr sie dazwischen.
Franz Sternburg schwieg und überlegte. Er mußte erreichen, daß sie sich beruhigte. Er mußte ihr etwas anbieten. Geld! Ja, das war es. Jeder konnte Geld gebrauchen. Alle Menschen waren käuflich. Er blickte auf.
„Verena, gibt es denn nichts, was dich von diesem Entschluß abbringen könnte?“
Verena van Denbroek dachte kurz nach. „Ich wüßte nicht, was.“
„Nun, ich weiß, mein Verhalten ist unverzeihlich. Aber es muß doch etwas geben, was dir so viel wert ist, nicht zu Friederike zu gehen.“
„Was sollte das Deiner Meinung nach sein?“ Verena wußte, daß er ihr Geld anbieten würde. Franz Sternburg war geldfixiert. Alles lief über Geld bei ihm. Je länger sie ihn zappeln ließ, desto höher wäre der Preis, den er bereit wäre zu zahlen. Immerhin stand seine ganze Existenz auf dem Spiel.
„Ich könnte dir helfen, dir den einen oder anderen Wunsch zu erfüllen.“
„Geld?“ Verena tat überrascht. „So viel würdest du nicht ausgeben.“
„Wieso so viel? An wieviel denkst du denn?“
„Du weißt genau, wenn ich zu Friederike gehe, bist du ruiniert. Du fliegst hochkant raus aus der Firma. Nichts mehr mit Chef, nichts mit Erbschaft des Vermögens. Und ob dich woanders noch einmal jemand nimmt, ist mehr als fraglich.“
„Wieviel?“ Franz wollte eine Zahl hören und hoffte immer noch, sie sei niedriger als er befürchtete.
„Eine halbe Million.“

„Eine halbe Million? Du bist wahnsinnig!"
„Habe ich doch gesagt, so viel willst du nicht ausgeben."
„Verena, eine halbe Million. Was für eine Summe. So viel habe ich nicht."
„Du nicht. Aber Friederike und die Firma. Wenn du wolltest, könntest du das Geld schon beibringen. Aber ich sagte ja bereits, du willst nicht."
Eine halbe Million! Ein Alptraum. Wie sollte er so viel Geld beischaffen, ohne daß Friederike etwas davon bemerkte. Und dann war er genauso weit, als wenn Verena zu Friederike ging. Dieses Biest! Hatte ihren Spaß gehabt mit ihm genau wie er mit ihr. Und jetzt erpreßte sie ihn. Nur, weil er verheiratet war und sie nicht.
Verena unterbrach sein Nachdenken. „Du mußt dir nicht den Kopf zerbrechen, Franz, das tut ihm nicht gut. Laß es. Ich gehe zu Friederike und du kannst dein Geld behalten. Jedenfalls das Geld, das dir gehört. Wenn du überhaupt eigenes hast."
Sie grinste ihn hämisch an. In Franz kochte Wut hoch. Umbringen müßte man diese Ziege. Aber er beherrschte sich.
„Gut, Verena, du hast gewonnen. Gib mir nur etwas Zeit, damit ich überlegen kann, wie ich das Geld beschaffe."
„Nicht zu lange, Franz, laß dir nicht zu viel Zeit damit. Morgen will ich wissen, wie du dich entschieden hast. Morgen. Vergiß es nicht." Sie stand auf, drehte sich um und ließ Franz Sternburg allein am Tisch zurück.
Er traute ihr zu, daß sie ihn ruinierte. Eine halbe Million! Auf seinem Konto hatte er noch keine zehntausend Mark. Auf dem Geld der Firma hatte der alte Fertgen den Daumen drauf. Da ließ sich eine Summe in dieser Größenordnung nicht unbemerkt abzweigen. Und wenn Friederike oder ihr Vater etwas von seinen Frauengeschichten erfahren würden, konnte er seinen Hut nehmen. Das war klar. Sternburg spürte, wie ihn Panik erfaßte. „Sie muß verschwinden", dachte er, „verschwinden."

Er zahlte mechanisch, als die Bedienung kam. Die Waffeln standen noch unberührt auf dem Tisch. Als er zur Tür ging, war er so in Gedanken versunken, daß er nicht bemerkte, wie Gesine Maus, die inzwischen an einem der vorderen Tische saß, ihr Gesicht hinter einer Illustrierten verbarg. Woher hätte er auch wissen sollen, daß Fräulein Maus jeden Donnerstag um diese Zeit hoffte, hier den Mann ihrer Träume kennenzulernen.

19

Zögernd nur kam Gertrud Nolden die kleine Treppe von der Terrasse herunter. „Entschuldigung, Herr Schwartz“, flüsterte sie, „aber es ist dringend.“

Es war ihr sichtlich unangenehm, ihn zu stören. Ulrich Schwartz ließ noch einige Takte verklingen, ehe er reagierte. Leise erhob er sich und ging mit gesenktem Kopf dem Hauptgebäude zu. Gertrud Nolden folgte ihm. In seinem Rücken setzte das junge Paar, das er für diesen Abend verpflichtet hatte, seinen Vortrag für Geige und Bratsche mit Werken des Mittelalters fort. Das war gut so. Mehr als einhundert Gäste waren seiner Einladung zu dem kulturellen Abend gefolgt. Eine Resonanz, die ihn glücklich machte. Auch der Wettergott hatte mitgespielt. Kein Regen. Mit der leichten Schwüle, die über dem kleinen, von altem Baumbestand und Sträuchern schützend umgebenen Rasenplatz lag, konnte er als Rheinländer gut leben, zumal hier, auf den ersten Anhöhen des Bergischen Landes, um die Abendzeit immer ein Lüftchen Abkühlung und im Hochsommer Erfrischung brachte.

„Was gibt es?“ fragte er knapp, sobald Gertrud Nolden die Glastür hinter sich geschlossen hatte.

„Villa van Denbroek.“

„Verena? Mein Gott, nein!“

„Ich weiß es nicht. Die Polizei hat angerufen. Eine Bestattungsfahrt. Da sie gut miteinander bekannt sind, dachte ich, es wäre richtig, Sie zu benachrichtigen. Klose hat Bereitschaftsdienst, aber er geht nicht ans Telefon. Ich habe Willy schon Bescheid gesagt. Er ist bereits startbereit.“

„Gut, Gertrud, gut. Hoffentlich nicht Verena.“

„Ich weiß es nicht“, wiederholte Gertrud Nolden noch einmal, „man hat mir nichts Näheres gesagt.“

„Ich fahre mit Willy“, sagte Ulrich Schwartz knapp. „Informieren Sie meine Frau, bitte. Sie soll mich bei den Gästen entschuldigen.“

Einen Augenblick blieb Schwartz noch nachdenklich stehen, dann eilte er mit schnellen Schritten zum Treppenhaus, das die stilvolle Eingangshalle mit sämtlichen Räumlichkeiten des Bestattungshauses verband. Das englische Leder seiner schwarzen Halbschuhe verursachte auf dem italienischen Marmor des Treppenbelages ein leicht quietschendes Geräusch, das durch die offenen Türen bis zu Willy Eck drang, der im Garagentrakt wartete.

Seit zwei Jahrzehnten arbeitete Ulrich Schwartz für das Bestattungsinstitut Dohm. Vor fünfzehn Jahren hatte er es übernommen und gemeinsam mit seiner Frau Christina zu einem der umsatzstärksten Trauerbegleitungshäusern des Rheinisch-Bergischen Kreises gemacht. Seine Bekanntheit hatte das Haus Dohm nicht nur dem unermüdlichen Fleiß von Ulrich Schwartz und seiner Frau Christina zu verdanken, sondern ganz wesentlich auch dem anderen Umgang mit Trauer, der hier gepflegt wurde. Die Schwartzens hatten es verstanden, im Umgang mit dem Tod neue Akzente zu setzen und Trauer und Kultur in einen menschlichen Zweiklang zu bringen.

„’n Abend, Chef.“

Die Antwort war nur ein kurzes Kopfnicken. Schwartz war alles andere als in Gesprächslaune. Eck, der sonst ein „Alles klar, Willy?“ gewohnt war, wußte, daß er diesmal auf eine neue Kostprobe der Priesterwitze würde verzichten müssen. Wie seine Kollegen war Willy davon überzeugt, daß der Chef diese Art von Humor brauche, um durch den ständigen Umgang mit all den Trauernden nicht selbst trübsinnig zu werden.

Heute setzte sich Schwartz nur stumm auf den Beifahrersitz des schwarzen Transporters. Seine Augen blickten ausdruckslos durch die Windschutzscheibe über die Kühlerhaube ins

Leere, schienen nicht wahrzunehmen, daß sie den Hang hinunter in Richtung Hauptstraße fuhren. Tatsächlich aber war Schwartz hellwach, hatte Mühe, sich seine innere Erregung nicht anmerken zu lassen. Er mochte Willy. Aber nach einer Unterhaltung war ihm jetzt nicht zumute.

Vor dem Victoria-Kino warteten auf dem schmalen Bürgersteig viele, überwiegend junge Menschen. Durch die offenen Eingangstüren der Kneipen drang Musik auf die Straße. Ein Gemisch von Techno und Rap. Ulrich Schwartz war froh, daß sie schnell wieder aus dem Schallkegel herauskamen. Ihm reichte es schon, wenn sein Neffe zu Hause die Lautsprecher aufdrehte. Hinter dem Stadthaus ließen sie den hell erleuchteten Gladbacher Tunnel links liegen, der in seiner Bauzeit so umstritten war wie Anfang der neunziger Jahre der Umzug des Bundestages nach Berlin. Auch jetzt, viele Jahre später, hatte Schwartz sich nicht an diesen Tunnel gewöhnt. Irgendwie schien ihm dieses Bauwerk nicht so recht zum kleinstädtischen Charakter Gladbachs zu passen. Eher schon der mäßige Verkehr, der sie auf der Fahrt durch die Mülheimer Straße begleitete. Ulrich Schwartz kannte viele der Menschen, die hier wohnten. Und ihre Angehörigen, denen er zu ihrer letzten Ruhestätte verholfen hatte. Aber heute war er mit seinen Gedanken allein bei dem Haus in der Ackerstraße.

Willy Eck wählte aus Gewohnheit die Abkürzung durch den Penningsfelder Weg, obwohl das nur im Berufsverkehr notwendig war, wenn man den Stau zwischen Refrath und Bergisch Gladbach auf Dolmanstraße und Refrather Weg umgehen wollte. Dann verlangsamte er das Tempo. „In der Auen" war verkehrsberuhigt, wie das im heutigen Amtsdeutsch hieß. Für einen Bestattungswagen gab es keinen vernünftigen Grund, solche Zonen zu durchrasen, denn Bestattungswagen kamen nie zu spät. Von der ehemaligen Auenlandschaft, den feuchten Niederungen von Flußgebieten mit saftigen Böden und Weidegebieten, war nichts mehr zu sehen. Sie lagen heute versteckt hinter den gepflegten Ein- und Mehrfamilienhäusern.

Als Eck in Höhe von St. Elisabeth in die Schwerfelstraße einbiegen wollte, brach Schwartz sein Schweigen. „Nicht hier, Willy, die nächste ist es.“

Aus den Augenwinkeln betrachtete Eck seinen Chef. Noch immer wirkte er besorgt. Seine dichten schwarzen Augenbrauen, die über der Nase zusammengewachsen waren, bildeten einen bogenförmigen Trennstrich zwischen dem kurzgeschorenen grauen Vollbart und der Stirnglatze. Die stark vorgewölbten Nasenflügel vibrierten leicht. Trotz der frühsommerlichen Temperaturen trug er einen schwarzen Maßanzug, der seinen Hang zum Übergewicht etwas versteckte. Willy Eck beneidete seinen Chef um sein gepflegtes Äußeres, das in völliger Übereinstimmung mit seinen Umgangsformen stand: immer höflich, immer freundlich, immer korrekt, immer tröstlich. Und er bewunderte dessen Gabe, in vielen Trauerfällen durch eine angemessene Portion Witz seinen Kunden neuen Lebensmut zu geben. Auch sein Umgang mit den Angestellten war herzlich, selbst wenn er nie einen Zweifel daran ließ, daß er seine Anweisungen als Befehle verstanden wissen wollte. Heute war das anders. Zum ersten Mal, seit Eck mit Schwartz zusammen war, spürte er Unsicherheit bei ihm.

Den Polizeiwagen vor der van Denbroekschen Villa konnten sie in der ruhigen geraden Straße schon von weitem sehen. Als sie näherkamen, spiegelte sich auf seinem grünweißen Lack in den letzten Strahlen der untergehenden Sonne, die das Dach des Gebäudes aus den zwanziger Jahren eben noch streiften, der Wohnturm im Renaissancestil und mehrere kleine Kapitelle. Sie erinnerten Schwartz auch heute wieder an das Château Chambord, das als das erlesenste Loire-Schloß gilt. Wann war er das letzte Mal bei Verena gewesen? Zwei Jahre mußte es schon her sein. Wie damals machte das weitläufige Grundstück einen gepflegten Eindruck, die Sträucher und Bäume waren ausgedünnt, der Rasen kurz geschnitten. Eine Menge Arbeit für eine Frau, dachte Schwartz. Wahrscheinlich hatte sie einen Gärtner, vielleicht auch einen Schüler oder Studenten, der diese Gartenarbeiten so sorgfältig für sie übernahm. Der parkartige Eindruck wurde verstärkt durch die wuchtige, efeubewachsene Mauer aus Kalksandstein, die als Einfriedung und Sichtschutz diente. Nur das eiserne Flügeltor gab den Blick frei. Schwartz erinnerte sich, daß es von innen elektronisch geöffnet werden konnte. Er erinnerte sich auch an die Bild-Türsprechanlage, die ihm Verena van Denbroek bei einem seiner Besuche stolz vorgeführt hatte, mit integrierter hochauflösender Kamera und Bildtelefon. Eine elektronisch gesteuerte Schwenkeinrichtung ermöglichte die Überwachung des gesamten Eingangsbereiches. Von außen war davon nur bei genauem Hinsehen etwas zu bemerken.

Eck stellte den Wagen unmittelbar hinter dem Polizeifahrzeug ab. Schwartz machte einen tiefen Atemzug und ließ die Luft mit einem Seufzer wieder entweichen. Nachdem er ausgestiegen war, zog er sein Jackett gerade, bevor er den Klingelknopf über dem Briefkasten drückte, der ohne Namensschild unscheinbar in die Mauer eingelassen war.

„Ja bitte?" Eine unbekannte weibliche Stimme kam aus der Sprechanlage.

„Bestattungshaus Dohm", antwortete Schwartz.

„Einen Augenblick."

Die Eingangstür der Villa öffnete sich und eine junge Polizeibeamtin kam mit schnellen Schritten zum Flügeltor. Noch keine fünfundzwanzig, schätzte Schwartz.

„Guten Abend. Schmitz ist mein Name. Polizeiinspektion Bergisch Gladbach."

„Schwartz. Guten Abend. Das ist mein Mitarbeiter, Herr Eck. Ihre Dienststelle hat uns angerufen. Wer ist verstorben?"

„Wir wissen es nicht genau. Wir vermuten, es ist Frau van Denbroek. Jedenfalls sagt das die Putzfrau, die die Tote gefunden hat."

„Mein Gott, also doch! Wo ist sie?"

„Im Haus. Sie können aber jetzt nicht hinein. Bitte gedulden Sie sich noch. Die Kripo muß gleich hier sein."
„Sie wollen doch wissen, wer die Tote ist. Ich kenne Frau van Denbroek persönlich. Ich bin gewissermaßen ein Freund des Hauses", sagte Schwartz und versuchte gleichzeitig, sich an ihr vorbei auf das Grundstück zu schieben. Doch mit einer schnellen Drehung stellte sie sich ihm in den Weg. Auf einmal wirkte diese zart erscheinende Person auf Schwartz sehr resolut.
„Herr Schwartz, bitte. Sie dürfen jetzt nicht ins Haus. Es ist kein gewöhnlicher Sterbefall. Bis die Kripo kommt, dürfen keine zusätzlichen Spuren gelegt werden."
„Wie meinen Sie das, ‚kein gewöhnlicher Sterbefall'?"
„Warten Sie bitte ab. In solchen Fällen haben wir nur den Ort zu sichern, alles andere ist Sache der Kripo."

20

Sicher ist bei Leichen nur, daß sie gestorben sind, wenn sie nicht mehr leben – nicht wie“, das war eine der selbstgefälligen Redewendungen von Kalischka, dem Dozenten der Polizeischule für Kriminalistik: „Das Wie herauszufinden, das ist Ihr Job.“ Auch wenn sie Kalischka von Anfang an nicht hatte ausstehen können, auch wenn vieles von dem, was er von sich gegeben hatte, banal erschienen war – heute hatte sie sich bei ihrer ersten eigenverantwortlichen Aufnahme eines Leichenbefundes dieser Banalität zu stellen.

Überstürzt und mit einer Mischung aus Sorge und Neugier war Barbara Reuter losgefahren, nachdem die Einsatzleitstelle sie zu Hause verständigt hatte. Erst im Wagen war sie zum Nachdenken gekommen. Am Ende, hoffte sie, würde es genauso sein wie in den Lehrfilmen auf der Polizeischule. Die Leiche würde in einen Zinksarg gelegt und mit einem schwarzen Bestattungswagen weggebracht werden, während sie mit ihrem roten Audi zur Dienststelle zurückfahren würde. „Rouge et noir“ kam ihr in den Sinn. Heute endeten Gesetzesbrecher in Europa nicht mehr unter dem Fallbeil wie damals Stendhals Figur des Julien Sorel. Aber wahrscheinlich lag in ihrem Fall überhaupt kein Verbrechen vor. Sie würde es herausfinden.

Sie stellte ihren Audi am Ende der Fahrzeugreihe vor der Hausnummer fünfundsiebzig ab. „Nicht gerade ärmlich“, dachte sie mit Blick auf die Villa. Auf der anderen Straßenseite standen ein großer schwarzer Bestattungswagen, ein beiger Notarztwagen und ein Einsatzfahrzeug der Polizei.

„Da sind sie ja endlich!“ Mirko Slavic war ungehalten. „Slavic, ich bin der Notarzt. Ihre Kollegin läßt uns nicht ins Haus. Angeblich könnten wir Spuren verwischen!“

Das geht ja freundlich los, dachte Barbara Reuter. Ohne Slavic, der ihr nicht sonderlich sympathisch war, zu beachten, wandte sie sich ihrer Kollegin zu.

„Sind sie allein?“ fragte Polizeimeisterin Schmitz.

„Ja. Sie wissen doch, um diese Uhrzeit gibt es nur den Kripo-Notdienst. Da hat es mich getroffen. Fenske, der mich hätte begleiten können, kümmert sich gerade um aufgebrochene Umkleideschränke bei der Turnerschaft. Erzählen Sie mal, was es hier gibt.“

„Im Keller hängt eine Frau. Erhängt. Die Putzfrau hat sie gefunden. Sie war total mit den Nerven fertig. Mein Kollege hat sie nach Hause gebracht.“

„Irgendwelche Spuren von Fremdeinwirkung?“

„Nein. Wir sind das Haus innen und außen abgegangen. Alle Fenster und Türen sind ordentlich verschlossen. Auch sonst haben wir nichts Verdächtiges bemerkt.“

Barbara Reuter folgte ihrer Kollegin ins Haus. Sie durchschritten einen großzügigen Vorraum. Wenige, aber große Gemälde wurden so raffiniert beleuchtet, daß der Eindruck entstand, der Betrachter stehe in dem jeweiligen Motiv. Maria Schmitz stieg zielstrebig die breite Marmortreppe nach unten. Die Räumlichkeiten dort hatten wenig Ähnlichkeit mit einem Keller. Von einem langgezogenen Flur aus führten Glastüren in ein Schwimmbad, eine Sauna und einen Fitnessraum. Dahinter befand sich eine Edelholztür. Sie war nur angelehnt. Maria Schmitz machte nur eine knappe Bewegung mit dem Kopf. Barbara Reuter schluckte. Sie stieß die Tür vorsichtig auf. Abgestandene, leicht süßliche, aber muffige Luft schlug ihr entgegen. Deckenhohe Weinregale bekleideten die Wände des etwa fünfzehn Quadratmeter großen Raumes. Das mußten Hunderte von Flaschen sein, dachte sie. Des Weines wegen wäre sie lieber gekommen. Aber deswegen hatte man sie leider nicht hierher geschickt. Wo war die Leiche?

„Hinter der Tür“, hörte sie die Stimme ihrer Kollegin, die ihren Gedanken erraten hatte. Barbara Reuter ging in das

Weinlager hinein. Unter den Absätzen ihrer College-Schuhe knirschte es. Erst jetzt bemerkte sie die Scherben sowie eine rote Lache auf dem Fußboden. Mittendrin stand eine kleine, dreistufige Trittleiter. Daneben hingen zwei Füße. Die Fußballen berührten den Boden, die Beine waren leicht angewinkelt. Barbara Reuter schaute hoch. Ein leichtes Schwindelgefühl befiel sie. Tod durch Erhängen. Das kannte sie bisher nur aus den Büchern. Der Hals der offensichtlich noch jungen Frau hing in einem Seil, der Kopf war vornübergebogen. Nein, das war kein Seil, eher eine Wäscheleine. Sie war am oberen Brett des in der Wand verdübelten Regals befestigt. Die Augen der Toten waren aufgerissen und starrten auf den Boden. Ihr Mund war geöffnet. Der Rücken lehnte an einem gefüllten Weinregal. Mehrere Flaschen waren aus dem Regal gerutscht und auf dem Fußboden zerbrochen. Es war also Rotwein, der sich auf dem Fußboden verteilt hatte, und kein Blut, wie Barbara Reuter im ersten Augenblick gedacht hatte.

Mirko Slavic steckte seinen Kopf in den Weinkeller. Er schaute nur kurz auf den Leichnam und verschwand sofort wieder.

„Ja, es ist Verena van Denbroek“, sagte er zu Schwartz. „Sie hat sich erhängt.“

Ulrich Schwartz schüttelt ungläubig den Kopf. „Selbstmord?“

„Es sieht ganz danach aus. Aber warum hat sie das getan? Welchen Grund sollte eine solche Frau haben, sich selbst umzubringen?“ Auch Mirko Slavic war ratlos.

„Ich kann das auch kaum glauben. Aber vielleicht“, antwortete Ulrich Schwartz, „hat sie den tragischen Tod Ihres Mannes doch niemals richtig überwunden. Auch das ständige Alleinsein. So weit weg von ihrer Familie.“ Ulrich Schwartz atmete tief durch. „Trotzdem. Sie schien mir so selbstbewußt geworden. Ich verstehe es nicht.“

Mirko Slavic trat noch einmal kurz in den Türrahmen. „Für mich gibt's wohl außer den Formalitäten nichts mehr zu tun?“

Barbara Reuter nickte nur. Er ging nach oben und füllte am Küchentisch die Todesbescheinigung aus. „Nicht natürlicher

Tod“ kreuzte er auf dem Formular an. „Diese Bürokratensprache“ dachte er. Wer legt denn fest, was natürlich ist? Er erinnerte sich an seine gerichtsmedizinischen Vorlesungen: „Der Suizid gehört zu den nicht natürlichen Todesarten. Lediglich der krankheitsbedingte Tod ist natürlich.“ Und die Krankheit? Ist Krankheit immer natürlich?

Im Keller hielt Barbara Reuter mit einer Kleinbildkamera die Situation fest. Dann zog sie die Tür weit auf.

„So, jetzt müßten Sie mir helfen, die Frau herunterzuholen, Herr . . .“

„Schwartz, Ulrich Schwartz.“

Die Polizistin tat ihm leid. Sie war noch so jung. Wahrscheinlich hatte sie noch nicht viele Tote in ihrem Leben gesehen. Barbara Reuter entnahm ihrem Spurensicherungskoffer eine Zange. Willy Eck und Ulrich Schwartz umfaßten den toten Körper, während Barbara Reuter die Wäscheleine durchtrennte. Obwohl Schwartz und Eck den toten Körper umklammert hielten, fiel er mit einem Ruck in sich zusammen. Mit einem röchelnden Geräusch entwich der letzte Rest Luft aus den Lungen. Sofort überdeckte ein fauler Geruch den leicht süßlichen Duft des Weines. Barbara Reuter wurde es übel. Warum hatte sie auch Polizistin werden müssen? Sie wußte, daß dieses Bild der Toten und dieses letzte Atemgeräusch sie die nächsten Tage verfolgen würden. Nachts würde sie aufwachen und eine Wäscheleine sehen. Darin ein Frauenkopf. Blasebalgähnliche Geräusche würden aus dem Mund der Toten kommen.

Der faulige Geruch wurde stärker. Ihr Magen rebellierte. Reiß dich zusammen, befahl sie sich.

„Legen sie die Leiche bitte im Flur auf den Boden.“

Kaum waren die beiden aus der Tür, holte sie ein kleines Riechfläschchen aus ihrer Handtasche hervor. Ihre Hand zitterte, als sie den Verschluß aufschraubte. Tief sog sie den kampferähnlichen Duft ein. Das tat gut. Jetzt ging es ihr wieder etwas besser. Sie folgte den Männern auf den Flur.

Verena van Denbroek lag auf einer Plastikplane. Ein Rest der Wäscheleine war immer noch um ihren Hals geschlungen. Ihre Kleidung war teilweise von Rotwein durchnäßt. Barbara Reuter hockte sich in Kopfhöhe neben den Leichnam. Am Hals stellte sie eine deutliche Strangulationsfurche fest. Dann tastete sie den Kopf ab. Keine Verletzungen. In den Augen entdeckte sie punktförmige rote Einblutungen. Sie wußte, daß das bei Fällen dieser Art typisch war.

„Helfen Sie mir bitte beim Entkleiden!" forderte sie die Bestatter auf.

„Komplett ausziehen?"

„Ja, ganz."

Mit geübten Handgriffen entfernten Willy Eck und Ulrich Schwartz die Kleidung. Dann untersuchte Barbara Reuter den Vorderkörper.

„Jetzt bitte drehen."

Ulrich Schwartz bemerkte das leichte Zittern ihrer Hände. „Sie machen das noch nicht lange, oder?"

„Nein. Es ist der erste Fall, den ich allein bearbeite."

„Wissen Sie, ich bin schon sehr lange im Bestattungsgeschäft. Normalerweise strahlt ein Toter Ruhe aus. Auch nach schwerer Krankheit hat das Gesicht friedliche Züge. Aber hier? Sehen Sie die starren Augen?"

„Ja, es ist furchtbar."

„Sie haben recht. Die Menschen erschrecken sich vor solchem Anblick. Ich glaube, Verena van Denbroek hat sich auch erschrocken."

„Das würde mich nicht wundern. Ich kann mir nicht vorstellen, daß in Frieden geht, wer einen solchen Tod wählt. In den letzten Sekunden oder Minuten, bevor alles vorbei ist, müssen auch ihn Bestürzung und Panik ergreifen."

„Verena van Denbroek hat, so, wie ich sie kannte, immer nach den Grundsätzen der Vernunft gehandelt. Wer sich selbst tötet, reagiert aber nicht vernünftig, sondern emotional. Das paßt so gar nicht zu ihr. Vielleicht ist mein Bild von ihr ein

falsches gewesen. Aber ich kann nicht glauben, daß sie sich selbst umgebracht hat."
„Ein Selbstmord kommt für die Umwelt häufig überraschend, Herr Schwartz. Ich verstehe, was Sie bewegt. Aber gegen Selbstmord spricht nur Ihr Gefühl. Alle Umstände weisen auf einen Suizid hin: Die Gegebenheiten beim Auffinden. Das Fehlen von Abwehrverletzungen. Die unbeschädigte Kleidung. Der geordnete Zustand der Wohnung. Die gesicherten Zugänge zum Haus, keine Spuren, die auf ein gewaltsames Eindringen schließen lassen. Nichts, überhaupt nichts, was auf eine Fremdeinwirkung hindeutet."
„Ja, natürlich", sagte Schwartz tonlos, „es war nur so ein Gedanke."

21

Barbara Reuter kam erst gegen drei Uhr morgens in ihr kleines Appartement zurück. Sie hatte lange gebraucht, bis ihr Bericht stand. Polizeidirektor Bentlaer würde sich bestimmt eine Kopie geben lassen.

Sie war übermüdet und fror. Schlafen würde sie jetzt bestimmt noch nicht können. Sie ging ins Bad und drehte den Wasserhahn auf. In der Stille des Wechsels von Nacht zum Morgen dröhnte der Wasserstrahl auf dem Badewannenboden wie die gesammelten Niagara-Fälle. Hoffentlich wurden ihre Nachbarn davon nicht geweckt. Aber sie konnte sich doch nicht mit diesem schrecklichen Leichengeruch ins Bett legen. Sie packte ihre Kleidung in die Plastiktüte für die Reinigung. Vor dem Spiegel betrachtete sie ihren Körper, sah, wie sich auf ihren Oberschenkeln erste Anzeichen von Orangenhaut bemerkbar machten, und ertappte sich dabei, wie sie sich mit Verena van Denbroek verglich.

Rasch verteilte sie mit der Hand den Badezusatz mit Rosenduft im Wasser. Dann stieg sie in die Wanne. Wohltuend umschloß die heiße Flüssigkeit ihren Körper. Leichter Schaum hatte sich auf der Wasseroberfläche gebildet und glitzerte in tausend Farben. Über ihren Brüsten bildete er zwei kleine Hügel. Sie schloß die Augen. „Kind, paß auf, daß du nicht einschläfst in der Wanne“, erinnerte sie sich an die Worte ihrer Mutter. Ihre Mutter hatte geglaubt, man könnte dann ertrinken. Doch in ihren Kriminalistikvorlesungen hatte sie gelernt, daß eingeschlafene Menschen schon bei den ersten Atemzügen unter Wasser schlagartig aufwachen.

Barbara Reuter schlug die Augen erst wieder auf, als sie begann zu frösteln. Ohne sich abzutrocknen, zog sie sich einen Bademantel über, kroch unter die Bettdecke und fiel sofort in einen unruhigen Schlaf.

22

Die beiden Buchenscheite waren heruntergebrannt. Christina Schwartz stand auf und legte Holz nach. Die Funken stoben und stiegen unter Knacken und Knistern nach oben zum Abzug hin. Es dauerte nicht lange, dann tanzten die kleinen Flammen wieder hin und her. Die letzten Gäste waren gegangen. Der Konzertabend war anregend gewesen. Sie hatte viele interessante Gespräche geführt. Ebenso wie ihr Mann liebte sie das. Eigentlich müßte er längst zurück sein. Bestattungsfahrten überließ er sonst seinen Leuten. Sie konnte verstehen, daß er heute abend selbst gefahren war. Was mochte bei Verena van Denbroek geschehen sein?

Endlich hörte sie das klopfende Geräusch des Dieselmotors auf der Zufahrtsstraße. Im selben Moment sah sie durch die Gardinen das Aufleuchten der Halogenstrahler. Ihr Mann hatte die Bewegungsmelder immer als Schnickschnack bezeichnet, aber er respektierte, daß sie ihr ein Gefühl der Sicherheit gaben. Besonders dann, wenn er in den Abend- oder sogar Nachtstunden noch unterwegs war. Sie hörte, wie er das Fahrzeug vor dem Garagentor parkte und den Motor abstellte. „Wozu braucht ein Auto eine Garage; es hat doch ein Dach“, war sein Einwand, wenn sie ihn bat, den Wagen in die Garage zu stellen. Sie hatte es aufgegeben, ihn darauf anzusprechen.

Ulrich Schwartz ließ sich in den Sessel fallen Er sah erschöpft aus.

„Möchtest du etwas trinken?“

„Ja bitte, ein kühles Mineralwasser. Ich bin müde.“

Christina Schwartz reichte ihm ein Glas. „Was ist mit Verena? Es war doch nicht sie?“

„Doch. Verena ist tot. Sie hat sich selbst umgebracht. Erhängt.“

„Umgebracht? Erhängt? Verena? Mein Gott! Nein! Das kann ich nicht glauben."

„Ich auch nicht, meine Liebe. Aber so, wie es aussieht, spricht alles dafür."

„Der Tod ihres Mannes liegt doch schon lange zurück. Sie hatte sich wieder völlig erholt. Sie war so", Christina Schwartz suchte nach Worten, „so lebensbejahend, so voller Kraft, wenn sie hier war, so jung. Sicher", Christina dachte kurz nach, „als sie zum ersten Mal unser Trauerseminar besucht hat, da war sie verstört und hilflos. Aber das ist doch schon Jahre her."

„Sie hatte hier im Rheinland keine Familienbindung. Deshalb war das damals eine doppelt schwere Zeit für sie. Aber die hat sie überstanden, ist wieder stark geworden. Viele Trauernde haben in den Seminaren Rat bei ihr gesucht und gefunden. Nicht zu verstehen, daß so eine Frau ihr Leben einfach wegwerfen sollte."

„Genau so sehe ich das auch, Ulrich. Ich habe sie immer bewundert. Ihre Schönheit, ihr Selbstbewußtsein, die Art, wie sie sich bewegt hat, wie sie einen in ihren Bann zog, wenn sie sprach. Manchmal habe ich mir gewünscht, ich wäre so wie sie."

„Ach Christina!" Ulrich Schwartz zog seine Frau zu sich auf den Sessel. „Unsinn. Warum solltest du dir das gewünscht haben? Wegen der kleinen Fältchen um die Augen? In einigen Jahren hätte sie die auch gehabt. Wahrscheinlich hat sie dich genauso bewundert wie du sie. Du hast mindestens dieselben Qualitäten, auch wenn Ihr verschieden seid. Kein Mensch gleicht dem andern. Du bist Christina Schwartz, nicht Verena van Denbroek. Du hast die Eigenschaften, die mir gefallen. Ich würde dich nicht eintauschen. Gegen keine Verena wie auch immer auf der Welt." Ulrich Schwartz drückte sie fest an sich.

Sie hatte genau das hören wollen. Manchmal war sie etwas eifersüchtig. Ihr Mann hatte so viele Kontakte, war souverän und trotzdem immer freundlich und verbindlich. Er war eine Berühmtheit, nicht nur im Bestattungsgewerbe. Sicher, sie

kümmerte sich intensiv um das Geschäft. Sie war beliebt bei den Kunden und Trauernden. Aber sie hatte das Gefühl, daß sie immer nur seine Ideen umsetzte.
Ulrich Schwartz ahnte, welche Gedanken seiner Frau durch den Kopf gingen. „Wir sind ein Gespann. Allein hätte ich das alles nicht aufbauen können."
„Sei nicht so bescheiden, Ulrich. Wer kam denn auf die Idee, die Firma Dohm-Bestattungen zu übernehmen? Wer schlug vor, dieses Gelände am Stadtrand aufzukaufen? Dort ein Haus der Anteilnahme zu errichten?"
„Erlaub mir eine Gegenfrage: Wer hat mich bei all diesen Aktivitäten unterstützt? Wer hat mir Mut gemacht, wenn ich mal dachte, wir würden es nicht schaffen?"
Christina Schwartz lächelte.
„Wir sind ein Team. Ein verdammt gutes, Christina. Und das soll so bleiben." Er küßte sie, konnte aber den anschließenden Drang zu gähnen nicht verbergen.
„Komm, laß uns schlafen gehen, Ulrich. Es war ein anstrengender Tag, und ich bin müde." Allein schon solcher Sätze wegen liebte er sie.
Ulrich Schwartz konnte nicht schlafen. Unruhig wälzte er sich im Bett hin und her. Christina neben ihm atmete ruhig und gleichmäßig. Sie war eingeschlafen. Ulrich Schwartz drehte sich behutsam auf die Seite. Er wußte, daß es noch eine ganze Weile brauchen würde, bis seine Gedanken ihre Arbeit nur noch in seinem Unterbewußtsein fortsetzten und er endlich ein wenig Ruhe finden würde.

23

Es war kein Samstag wie andere. Ulrich Schwartz saß schon lange vor der gewohnten Zeit an seinem Schreibtisch. Das üppige Frühstück hatte er nicht angerührt, nur zwei Tassen Kaffee hatte er getrunken. Selbst den Lokalteil des Kölner Stadt-Anzeigers und der Bergischen Landeszeitung, geschäftlich unerläßliche Lektüre, überflog er nur. Seine Gedanken waren heute morgen nicht bei seinen wirtschaftlichen Unternehmungen.

Endlich betrat Gertrud Nolden sein Büro und legte ihm einen großen Stapel kleiner und einige große Briefumschläge hin. „Sie sehen müde aus. Ich bringe Ihnen gleich den Kaffee."

„Nein danke, Gertrud. Vielleicht später. Ist Willy im Haus?"

„Ja. Er hat das ganze Wochenende über Bereitschaftsdienst."

„Er soll kommen. Sofort. Sagen Sie ihm bitte Bescheid." Als Gertrud schon aus der Tür war, rief er ihr nach: „Gertrud, doch einen Kaffee. Und auch einen für Willy. Danke."

Willy Eck war erstaunt, daß sein Chef ihn ins Büro bat. Ulrich Schwartz gab seine Anweisungen grundsätzlich vor Ort. Ins Büro war er nur selten gerufen worden. Einmal, weil ein Kunde sich, völlig zu Unrecht, über ihn beschwert hatte. Er hatte von ihm verlangt, sieben große Löcher in den Sargdeckel zu bohren, damit der Geist des Verstorbenen besser nach oben steigen könne. Das war natürlich Unsinn, aber er hätte dem Kunden selbstverständlich auch diesen unsinnigen Wunsch erfüllt, wenn es nach der Leichenverordnung erlaubt gewesen wäre. Die anderen Male ging es im Büro um Persönliches, zum Beispiel, wenn er einen Tag außer der Reihe frei haben wollte, es ihm aber besser schien, daß Gertrud Nolden, die sonst die Personalsachen bearbeitete, den Grund dafür nicht erführe. Seine kleinen Geheimnisse waren beim Chef besser aufgehoben. Oder wenn er wieder einmal Vorschuß brauchte, was

sich hin und wieder nicht umgehen ließ. Nichts von alledem konnte heute der Anlaß dafür sein, daß sein Chef ihn rufen ließ.
„Kommen Sie herein, Willy!“ Schwartz stand auf und bat ihn ungewöhnlich förmlich an den runden Besprechungstisch.
„Wie lange arbeiten Sie schon im Bestattungswesen, Willy?“
Willy mußte nachdenken. „Seit zwanzig Jahren, Chef.“
„Haben Sie schon häufiger Todesfälle wie den gestern abend erlebt?“
„Ja. Sicher. Die Zahl der Selbstmorde nimmt doch immer mehr zu. Mal sind es Schlaftabletten, mal Rasierklingen oder, wie gestern halt, ein Seil.“
„Und die Kripo erscheint jedesmal?“
„Ich kenn das nicht anders. Die müssen doch überprüfen, ob es wirklich ein Selbstmord ist. Ich bin oft dabei, wenn sie die Toten untersuchen. Die meisten Beamten kenne ich mittlerweile recht gut. Gestern die war neu.“
„Wenn Sie selbst einen Leichnam untersuchen müßten, Willy, worauf würden Sie achten?“
„Das kommt drauf an, wie er sich umgebracht hat.“
„Nehmen wir an, es wäre ein Selbstmord wie gestern, also ein Erhängen.“
„Erhängen, ja. Also wichtig sind auf jeden Fall erst einmal die äußeren Umstände, Chef“, antwortete Willy gewichtig. Es kam nicht oft vor, daß sein Chef ihn um Rat fragte. Auf die Idee, daß es Ulrich Schwartz nur um die Bestätigung eigener Überlegungen ging, kam er nicht. „Gab es einen Kampf“, fuhr Willy fort, „also Kratzspuren auf der Haut des Toten oder beschädigte Kleidung.“
„Sonst noch etwas?“
„Den Hals würde ich noch genau untersuchen.“
„Warum?“
„Durch das Seil wird doch der Hals zusammengedrückt. Das hinterläßt Spuren. Wie gestern bei der Frau van Denbroek.“
„Könnten diese Spuren in der Haut auch anders entstehen?“

Eck stutzte. „Glauben Sie, Chef, es war kein Selbstmord?“

„Die Polizei nimmt das an. Mir fällt es schwer, daran zu glauben.“

Willy schwieg. Dazu konnte er wenig sagen.

„Nun Willy, was meinen Sie, könnten die Strangulationsspuren am Hals von Frau van Denbroek auch anders entstanden sein?“

„Wenn jemand sie erdrosselt hat, dann ja.“

„Sie meinen, das müßten dann andere Spuren sein? Also, diese Furche in der Haut würde beim Erdrosseln anders aussehen, oder?“

Eck war unsicher. Diese Kommissarin hatte die Leiche doch genau untersucht. Wie sollte er das jetzt besser wissen als sie. Andererseits mochte er seinem Chef nicht widersprechen. Der wußte doch auch, was er wollte, und war bestimmt so schlau wie die Kommissarin. „Würde ich schon sagen, Chef.“

Ulrich Schwartz nickte. „Genau so sehe ich das auch, Willy. Wir gehen jetzt zusammen runter in die Leichenhalle und schauen uns Frau van Denbroek noch mal genau an.“

Deswegen also hatte der Chef ihn so ausgefragt. Fast wie ein Verhör war das Gespräch bisher verlaufen. Wenn es tatsächlich kein Selbstmord war? Dann wurde es jetzt spannend, fand Willy.

Im Gegensatz zu den stilvollen Räumen in den Obergeschossen war hier unten im Kühlhaus alles sachlich und funktional ausgestattet. Fliesen auf dem Boden und Kacheln an allen Wänden, damit mit einem kräftigen Wasserstrahl, dem ein Desinfektionsmittel beigemischt wurde, richtig saubergemacht werden konnte. Als sie die Tür aus Edelstahl öffneten, schlug ihnen trockene Kälte entgegen. Manchmal kam es vor, daß eine Bestattung nicht innerhalb von einer Woche vorgenommen werden sollte oder konnte. Da brauchte man schon eine moderne Kühltechnik, um den Verwesungsprozeß zu stoppen.

Verena van Denbroek lag auf der Bahre, als ob sie nur schliefe. Ulrich Schwartz streifte die blonden, gelockten Haare zur Seite. Die Strangulationsfurche war jetzt gut zu sehen. Sie verlief auf gleicher Höhe um den vorderen Teil des Halses. Gemeinsam brachten sie die Tote in eine Art Sitzposition. Die Eindruckspur war auch am hinteren Hals deutlich zu erkennen.

„Eck, da stimmt doch etwas nicht! Wenn man sich erhängt, drückt das Seil oder was immer man dafür benutzt, in den vorderen Teil des Halses und an dessen Seiten. Aber doch nicht hinten! Oder?"

„Ja, Chef, Sie haben recht. So wie Frau van Denbroek gestern im Weinkeller hing, kann diese Spur im hinteren Bereich des Halses eigentlich nicht entstanden sein!" Er hatte es gleich gewußt, daß sein Chef mindestens so schlau war wie diese junge Kommissarin.

„Ich habe es geahnt, Willy, ich habe es geahnt! Nie und nimmer hat Verena sich selbst umgebracht."

Ulrich Schwartz ließ Eck in der Leichenhalle stehen und rannte aus dem Raum.

Im Büro wählte er die Rufnummer der Polizeiinspektion. Frau Reuter war nicht im Dienst, ihre Privatnummer wollte man ihm nicht sagen. Er griff zum Telefonbuch. Neunundzwanzig Einträge mit dem Namen Reuter. Wie sollte er die Kommissarin finden? Wohnte sie überhaupt in Bergisch Gladbach? Er schaute sich die Vornamen an. Nur drei weiblichen Vornamen. Vielleicht hatte er Glück. Er wählte die erste Nummer.

„Ja!"

„Entschuldigen Sie. Kommissarin Reuter?"

„Kommissarin Reuter? Nää. Dat bin isch nit. Du willst misch wohl verarschen, hä?"

„Entschuldigung, wohl falsch verbunden." Schwartz hängte auf und versuchte es mit dem nächsten Eintrag.

24

Barbara Reuter wühlte sich tiefer unter die Decke und hielt sich die Ohren zu. „Verdammt noch mal, laßt mich doch schlafen“, murmelte sie vor sich hin. Aber das Klingeln ließ sich von solchen Wünschen nicht im geringsten beeinflussen. Sie richtete sich auf. Ihr Blick fiel auf den Wecker. Zehn Uhr. Mist, schon so spät, dachte sie. Direkt neben dem Wecker das Telefon. Sie langte nach dem Hörer. „Reuter“, bellte sie mürrisch in die Muschel.

„Kriminalkommissarin Reuter, ja?“

Die Stimme kam ihr nicht bekannt vor. Sie schwieg und wartete.

„Schwartz hier. Vom Bestattungshaus Dohm. Ich wollte gerade wieder auflegen. Zum Glück erreiche ich Sie. Wir waren gestern gemeinsam in der Ackerstraße bei van Denbroek.“

Jetzt erkannte sie die Stimme. „Ja. Eine furchtbare Geschichte. Was kann ich jetzt noch für Sie tun, Herr Schwartz? Wollen Sie mir immer noch den Selbstmord ausreden?“

„Na ja, so würde ich das nicht nennen, Frau Reuter. Aber mein Mitarbeiter und ich, wir haben uns die Halsspuren nochmals angeschaut. Ich finde, Sie sollten sich das noch mal ansehen.“

„Herr Schwartz!“ Sie seufzte.

„Ich weiß, haben wir alles gestern schon gemacht. Trotzdem. Ich bin zwar nur Laie, aber ich finde, das Spurenbild paßt nicht zum Erhängen. Sie sollten wirklich. Damit wir ganz sichergehen. Das wäre für Sie dann doch auch eine Beruhigung.“

Barbara Reuter war jetzt hellwach. Konnte es sein, daß sie etwas übersehen hatte? Wenn ja, dann war es wirklich das Beste, sie selbst würde das feststellen und nicht ein Kollege. „Ich bin bei Ihnen, so schnell ich kann.“

Augenblicke später war sie vollständig angezogen. Halsspuren, hatte Schwartz gesagt. Er meinte bestimmt die Strangulationsfurche. War sie vielleicht doch nicht erhängungstypisch? Warum war sie gestern nur so aufgeregt. Wenn es ein Mord war, hätte sie unverzüglich die Mordkommission in Köln verständigen müssen. Die rissen ihr den Kopf ab, wenn sie sich tatsächlich geirrt haben sollte. Sie ging an eines ihrer Bücherregale und nahm ein Kriminalistikbuch heraus. Unter dem Stichwort Strangulation überflog sie die entscheidenden Textpassagen. Dann raste sie die Treppe hinunter. Auf der Straße war weit und breit kein roter Audi zu sehen. Auch das noch! Dann fiel ihr ein, daß sie ihn ja auf der Dienststelle gelassen hatte. Es wird wirklich Zeit, daß ich ein eigenes Auto habe, dachte sie. Also wieder einmal Fahrrad.

Völlig außer Atem erreichte sie das Bestattungshaus. Ulrich Schwartz stand ungeduldig auf dem Hof. Sie schnappte nach Luft. „Entschuldigung, aber ich bin ziemlich schnell gefahren. Und dann noch dieser Anstieg auf der letzten Strecke."

„Mit dem Fahrrad?" Schwartz war erstaunt. „Ich hätte Sie abgeholt, wenn ich das gewußt hätte. Ist Ihr Wagen kaputt?"

„Nein, gestern, das war ein Dienstwagen. Heute habe ich eigentlich frei. Und ein eigenes Auto habe ich nicht."

„Jetzt tut es mir doppelt leid, daß ich Sie belästige, Frau Reuter. Entschuldigen Sie. Aber vielleicht ist es doch wichtig, was mir aufgefallen ist. Einen Kaffee zuvor? Oder ein Wasser?" Schwartz zwang sich zu freundlicher Ruhe, obwohl es ihm unter den Nägeln brannte, Barbara Reuter zu der Toten zu bringen.

„Das ist sehr nett von Ihnen. Ich möchte mir aber lieber als erstes die Tote anschauen."

Ulrich Schwartz war erleichtert. Schweigend gingen sie mit raschen Schritten hinunter in die Leichenhalle.

Barbara Reuter untersuchte gewissenhaft die Halspartie. Es schien wirklich so, als ob Schwartz recht hätte. Wie hatte sie das nur übersehen können! Ein gelungener Einstand! Gleich

beim ersten eigenen Fall Mist gebaut. Und ausgerechnet ein Laie muß mir auf die Sprünge helfen, dachte sie. Doch wenn es tatsächlich Mord war, mußte sie Schwartz eigentlich dankbar sein.
Ulrich Schwartz hatte sie aufmerksam beobachtet. „Und?“ fragte er.
„Ich glaube, an Ihrer Vermutung ist was dran. Jetzt brauche ich doch einen Kaffee.“
„Gerne. Ich bin froh, daß Sie das jetzt auch so sehen.“
„Es tut mir leid Herr Schwartz, daß ich gestern zu einem falschen Ergebnis gekommen bin. Ich war so aufgeregt. Mein erster eigener Fall. Ohne fachkundige Begleitung. Es ist mir einfach durchgegangen.“
„Wer ohne Fehler ist, der werfe den ersten Stein“, sagte Ulrich Schwartz freundlich.
„Sie haben gut reden. Eigentlich hätte in der Nacht die Mordkommission schon ihre Ermittlungen aufnehmen müssen. Wenn das Bentlaer erfährt, kann ich künftig Verkehrsunfälle aufnehmen.“
„Wer ist Bentlaer?“
„Polizeidirektor Bentlaer, der neue Leiter der Polizei.“
„Ach ja. Von dem Wechsel habe ich gehört.“
Beide schwiegen für einen Moment.
„Ich habe eine Idee, wie Sie aus der Misere herauskommen, Frau Reuter.“
„Ganz rauskommen werde ich da wohl nicht. Fehler ist Fehler.“
„Da haben Sie vielleicht recht. Trotzdem: Warum nehmen Sie die Ermittlungen nicht einfach wieder auf?“
„Weil das Sache der Mordkommission ist. Ohne die darf ich gar nicht.“
„Ach so. Das wußte ich nicht.“
„Ja, auch intern ist bei der Polizei alles genau geregelt. In diesem Fall: leider! Aber machen Sie sich keine Gedanken. Da muß ich durch. Anfängerschicksal.“ Sie versuchte zu lächeln.

Es glückte ihr nicht ganz. „Der Leichnam Verena van Denbroek ist hiermit beschlagnahmt", fügte sie, ihre Unsicherheit überspielend, mit amtlichem Ton hinzu. „Lassen Sie keine weiteren Personen mehr an die Tote heran, auch keine Angehörigen. Wahrscheinlich wird noch heute ein Obduktionstermin anberaumt."

„Kommen Sie mit nach oben, der Kaffee wartet", sagte Schwartz und faßte sie vertraulich am Arm. Er spürte, daß sie das jetzt brauchen konnte.

In seinem Büro füllte Schwartz die beiden Tassen und schob Milch und Zucker zu ihr hin. „Wie sind Sie eigentlich zur Polizei gekommen?"

„Ja, wie eigentlich?" Sie dachte nach. Wie schnell waren doch die Jahre seit der Schule vergangen. Damals hatte sie nicht im Traum daran gedacht, Polizeibeamtin zu werden. „In gewisser Weise war Goethe daran schuld", antwortete sie und mußte lächeln.

„Goethe? Johann Wolfgang von?"

„Genau der. Ich weiß, das klingt seltsam. Wissen Sie, mir hat immer imponiert, welchen so verschiedenen Themen er sich gewidmet hat. Ich ging noch zur Schule, als ich von meinem Großvater die gesammelten Werke geerbt habe. Meine Umgebung hat mich deswegen immer belächelt, na gut. Mir machte es jedenfalls Spaß, darin zu lesen. In den ‚Maximen und Reflexionen' bin ich dann auf Worte gestoßen, die den Keim für meinen Berufswunsch legten. Ich weiß die Stelle auswendig: Das Recht dringt auf Schuldigkeit, die Polizei aufs Geziemende. Das Recht ist abwägend und entscheidend, die Polizei überschauend und gebietend. Das Recht bezieht sich auf den einzelnen, die Polizei auf die Gesamtheit."

„Das klingt tiefgründig, oder?"

„Zunächst habe ich es gar nicht verstanden. Wer redet denn so? Aber gerade das hat mich neugierig gemacht. Was heißt zum Beispiel ‚geziemend'? Ich habe in verschiedenen Wörterbüchern gesucht und Angaben gefunden wie ‚belieben, sich gehören‘ und ‚angemessen sein‘. Das verstand ich. Mit ‚überschauend‘ war es einfacher. Das traf auch auf mich zu, fand ich jedenfalls. Und mit dem, was ich als Klassensprecherin machte, bezog auch ich mich auf die Gesamtheit. Mir schien es, als ob Goethe hier ein bißchen auch meinen Charakter beschrieben hatte.“

„Aber hatten Sie denn auch gebietende Eigenschaften? Gebieten heißt doch anordnen, bestimmen oder vorschreiben. Und so kommen Sie mir eigentlich nicht vor.“

„Das hat mir damals noch eher Angst gemacht. Mit der Polizei hat man, dachte ich, nur zu tun, wenn man etwas ausgefressen hatte. Heute weiß ich, daß das nur ein Teil der polizeilichen Aufgaben ist und ich hoffe, daß vor mir kein Kind Angst haben muß.“

„Sicher nicht. Aber Umgang mit Leichen? Gab es denn nichts anderes?“

„Ach wissen Sie, Herr Schwartz, man kann sich leider nicht immer alles aussuchen. Nach meinem Studium wurde ich als Kriminalkommissarin zu meiner Heimatbehörde Bergisch Gladbach versetzt. Da hätte ich gern mein soziales Engagement in den Dienst der Jugend- oder Drogenkriminalität gestellt. Bentlaer hatte mich aber für den Bereich der Tötungsdelikte vorgesehen. Ich hatte mein Examen mit Auszeichnung bestanden. Und Bentlaer meinte, ausgezeichnete Kolleginnen sollten herausragende Straftaten verfolgen.“

„Aber ihre Neigungen gingen in eine andere Richtung?“

„Aber ja. Doch Bentlaer ließ sich nicht umstimmen. ‚Neigungen‘, sagte er, ‚Neigungen entwickeln sich. Sie sind jung. Sie wollen doch weiterkommen, oder?‘ Und damit war alles entschieden. Bentlaer hatte geboten.“

„Wie schon Goethe erkannt hat: Die Polizei ist gebietend“, ergänzte Schwartz.

„Später habe ich dann erfahren, daß Bentlaer in einer Pressekonferenz erklärte, auch Frauen könnten bei der Polizei Kar-

riere machen. Er habe soeben die erste Todesermittlerin eingestellt."
„Was für ein schreckliches Wort!"
„Das stimmt. Und das ist jetzt noch nicht einmal vierzehn Tage her. Deshalb habe ich mich auch noch immer nicht an diesen Gedanken gewöhnt. Auch jetzt ist es mir noch ein wenig unheimlich, einen Toten zu berühren." Dabei fiel ihr Verena van Denbroek wieder ein und daß sie noch eine ganze Menge unangenehmes zu erledigen hatte.

25

Durch einen Spalt in der Jalousie traf ein Strahl der Sonne Gerd Kascheck mitten ins Gesicht. Er blinzelte. Sein Kopf schmerzte. Er hatte nicht die geringste Ahnung, wo er war. In seinem Schlafzimmer gab es keine Sonnenstrahlen. Es lag auf der Nordseite. Er drehte seinen Kopf langsam zur Seite. In seinem Mund schmeckte er ein widerliches Gemisch von Zigarettenrauch und Alkohol.

Schlaftrunken tastete seine Hand in Richtung Nachtschränkchen. Er suchte die Wasserflasche. Er war regelmäßiger Nachttrinker. Nachtrinker war er auch, aber nicht so oft. Seine Hand stieß gegen etwas Weiches.

„Hey, laß mich in Ruhe." Die Frauenstimme war rauh wie ein Reibeisen. Kascheck öffnete seine Augen. Nein, das war nicht sein Bett. Das war auch nicht seine Wohnung. Er zog seine Hand zurück und betrachtete irritiert einen nackten Frauenrücken, auf dem einige kleine Leberflecken wie Inseln in der Südsee verstreut waren. Das Gesicht konnte er nicht erkennen, es war tief ins Kopfkissen vergraben. Er hatte nicht die geringste Erinnerung daran, wie er in dieses Bett gekommen war. „Wahrscheinlich eine der Suchenden", dachte er. Suchende, so nannte er die Frauen, die regelmäßig Freitag- und Samstagnacht in den einschlägigen Kneipen saßen und nach dem richtigen Mann Ausschau hielten. Sie fanden niemals den Richtigen, aber immer einen, den sie abschleppten oder von dem sie sich abschleppen ließen.

Seitdem er geschieden war, ging er gelegentlich in diese Lokale. Er setzte sich an die Bar oder an einen der vielen Kleintische. Im Schnitt brauchte er zwei Stunden. „Kommst du zu mir" oder „Gehen wir zu dir" – das waren die entscheidenden Worte. So muß es auch gestern gewesen sein. Nur diese Kopfschmerzen. Warum hatte er wieder so viel getrunken?

Fast lautlos stieg er aus dem Bett. Er haßte die Gespräche, die zwangsläufig mit einem „Wann sehen wir uns wieder?“ endeten. Er wollte solche Frauen nicht wiedersehen, hatte ihre Namen aus seinem Gedächtnis gestrichen, sobald sie sich trennten. Keine Bindung mehr, das hatte er sich nach seiner gescheiterten Ehe geschworen.
Wenn er jetzt duschte, dann würde sie vielleicht aufwachen. Deshalb hielt er im Badezimmer nur seinen Kopf unter den kalten Wasserstrahl, griff sich dann das einzige Handtuch, das feucht und fleckig neben dem Waschbecken hing, und frottierte seine Haare, bevor er in Hose und Hemd schlüpfte. Dann zog er leise die Wohnungstür zu, nahm in dem nach Drei-Wochen-Strümpfen riechenden Treppenhaus mehrere Stufen auf einmal und trat erleichtert auf die Straße hinaus.
Hohenzollernring. Hier also war er gelandet. Voller Genuß zog er die ihm vertraute miefige Kölner Stadtluft tief durch seine Nasenflügel ein. Die Phase der Stadtbeschaulichkeit dauerte nur kurz. Ein Streifenwagen bremste. Das Seitenfenster wurde heruntergekurbelt.
„Herr Kascheck!“
Kascheck drehte den Kopf zur anderen Seite. Die können mich mal, dachte er.
„He, Herr Kascheck!“
Er sah ein, daß Flucht sinnlos war. „Ja?“ Der Kollege kam ihm nicht bekannt vor.
„So ein Zufall. Sie werden von Ihrer Dienststelle gesucht.“
„Pech gehabt. Ich habe mein freies Wochenende und gehöre jetzt zur Kripo Bergisch Gladbach. Und außerdem bin ich noch betrunken.“
„Na, ganz so schlimm scheint es ja nicht zu sein. Die brauchen jeden Mann. Seit gestern ist hier der Teufel los. Steigen Sie ein!“
Kascheck ließ sich auf den Rücksitz des Streifenwagens fallen. Ein Gemisch von Alkohol- und Schweißgeruch verbreitete sich in dem engen Raum. Der Fahrer rümpfte die Nase und gab Gas. Nach wenigen Metern mußte er bremsen, fuhr wieder an

und brachte den Wagen gleich wieder zum Stillstand. Kascheck fluchte, weil ihm übel wurde. Er kurbelte das Fenster herunter, um Luft zu schnappen.
„Wenn Sie so weiterfahren, kotz ich Ihnen in den Nacken."
„Es tut mir leid, aber an diesem Verkehr kann ich auch nichts ändern."
Aber als er im Rückspiegel die aschfahle Gesichtsfarbe sah, die in starkem Kontrast zu den schwarzgrauen Bartstoppeln stand, bog er in eine freie Seitenstraße ab.
Vor dem Polizeipräsidium blieb der Wagen stehen.
„Danke", murmelte Kascheck beim Aussteigen und merkte im selben Augenblick, daß er alles andere als Dankbarkeit verspürte. Er schleppte sich zum Eingangsportal.
„Herr Kascheck! Warten Sie bitte!" rief ihm der Pförtner zu. „Der Leiter . . ."
Aber Kascheck war schon außer Hörweite. Auf der Toilette wusch er sein Gesicht und trank einige Schlucke des nach Chlor schmeckenden Leitungswassers. Dann fuhr er mit dem Paternoster in die zweite Etage. Am Ende eines langen Ganges befand sich das Büro von Polizeidirektor Evers. Kascheck klopfte an und drückte in der Abwärtsbewegung mit seiner rechten Hand gleich auf die Klinke.
„Ja bitte", hörte er Evers noch sagen, dann stand er bereits im Zimmer. „Ach Kascheck, dachte ich mir, daß Sie es sind. Eigentlich könnten Sie sich das Klopfen glatt sparen. Nehmen Sie Platz. Kaffee?"
„Sie wollten mich sprechen?"
„Wir haben mehrfach bei Ihnen angerufen. Sie sind nicht ans Telefon gegangen. Ich habe dann einen Streifenwagen zu Ihrer Wohnung geschickt. Fehlanzeige."
„Entschuldigung, aber bisher war mir nicht bekannt, daß ich zu Hause sein muß, wenn ich frei habe."
„Daß Sie nicht zu Hause geschlafen haben, sieht man Ihnen an. Aber egal. Wir brauchen Sie."
„Worum geht es denn?" fragte Kascheck.

„Tötungsdelikte. Zwei allein in der letzten Nacht. Alle Mordkommissionen sind im Einsatz. Das war doch mal Ihr Metier, Kascheck, oder erinnere ich mich da falsch?“

„Eigentlich wäre es das immer noch, wenn Sie mich nicht abgeordnet hätten.“

„Und? Wie läuft's?“

„Ich ermittle zur Zeit in Sachen Bankraub.“

„Wie weit sind Sie da?“

„Es gibt noch keine brauchbaren Erkenntnisse. Aber die geraubten Geldscheine waren registriert. Im Grunde brauchen wir nur darauf zu warten, daß der Täter sie ausgibt.“

„Ihre Leute?“

„Gerschner und der Anwärter Morsch, beide aus Gladbach.“

„Wenn Sie nur warten, dann reicht ein Beamter. Ich habe eben mit Bentlaer gesprochen. Wir haben eine Tote in Bergisch Gladbach. Erst sah es aus wie Selbstmord, jetzt scheint es da aber doch eine Fremdeinwirkung gegeben zu haben. Kümmern Sie sich drum. Sie kennen sich doch jetzt in Gladbach aus. Nehmen Sie sich Ihren Durchläufer und den anderen Gladbacher Kollegen.“

„Das ist aber nicht ganz einfach, Herr Evers. Von denen hat doch wahrscheinlich keiner Erfahrung mit sowas.“

„Das werden Sie schon machen. Außerdem zeigen Sie Verwendungsbreite. Na? Als Leiter einer Mordkommission steigen Ihre Beförderungschancen.“

Die Aussicht auf Beförderung hatte Kascheck immer vor Augen, da brauchte sich Evers keine Gedanken zu machen. Trotzdem verbesserte dieser klare Hinweis seine Stimmung. Diesmal könnte wirklich etwas für ihn rausspringen. Das zusätzliche Geld könnte er gut gebrauchen. Die Scheidung hatte viel gekostet. Und der Unterhalt für Frau und Kinder leerte jeden Monat sein Portemonnaie. Nach vielen Jahren Polizeidienst wußte er aber auch, daß mündliche Zusagen gar nichts bedeuteten.

„Haben Sie mein neues Aufgabengebiet schon schriftlich verfügt, Herr Evers?“
„Keine Sorge, Kascheck.“ Evers lachte jovial. „Am Montag, wenn unsere Schreibkräfte wieder im Dienst sind, geht alles seinen geregelten Gang.“
„Ich werde am Dienstag morgen in mein Postfach schauen. Sollte es leer sein, beschäftige ich mich wieder mit dem Bankraub.“
„Kripoarbeit macht mißtrauisch, was? Kann ich verstehen“, sagte Evers lächelnd und dachte an seine eigenen Erfahrungen mit dem Möhrenprinzip. „Komm Esel, lauf! Da vorn ist die Möhre.“ Er war jedesmal gelaufen, aber oft wurde die Möhre weggezogen, ehe er zubeißen konnte. Ihm gefiel Kaschecks Direktheit, seine Forschheit. Diesen Mut hätte er gegenüber seinen Vorgesetzten nicht gehabt.
„Herr Kascheck“, ihm fiel auf, daß er zum ersten Mal „Herr“ sagte, „Ihre Ansprechpartnerin in Bergisch Gladbach ist Kriminalkommissarin Reuter. Wohl ganz neu auf dem Gebiet. Aber unter Ihrer Führung wird sie das Handwerk schnell lernen. Viel Erfolg!“
„Danke.“
Er war schon fast durch die Tür, als er Evers Stimme noch einmal hörte. „Ach, Herr Kascheck, noch etwas.“
„Ja?“
„Duschen Sie und rasieren Sie sich, bevor Sie losfahren. Und denken Sie an die 0,5‰-Grenze.“
Kascheck ärgerte sich, daß er stehengeblieben war.

26

Gerd Kascheck, der sich auf dem Beifahrersitz des Zivilwagens niedergelassen hatte, war kaum wiederzuerkennen. Er hatte geduscht, seine Gesichtshaut in Kontakt mit einer scharfen Klinge gebracht und sich ein frisches Hemd angezogen.

„Danke, daß du mich abgeholt hast, Werner."

„Keine Ursache. Autofahren darf ich ja auch allein. Kennst du eigentlich die Reuter?"

„Nur vom Sehen, bei einer Lagebesprechung. Ein flotter Feger. Du kannst sie mir ja gleich vorstellen."

„Sie ist nicht nur nett anzusehen."

„Mensch, Werner, trotzdem. Frauen bei der Polizei! Das kann ja nicht gutgehen."

„Hast du noch nie einen Fehler gemacht?"

„Werner, merke dir eins: Ein guter Kriminalist macht keine Fehler. Er schätzt höchstens die Lage falsch ein."

„Vielleicht war das bei ihr auch so."

„Weiber haben doch nichts bei diesem Geschäft verloren. Diese Sensibelchen! Die sollen, wenn sie schon zur Polizei müssen, die Kinder- und Jugendkriminalität verfolgen. Dafür sind sie geeignet. Davon verstehen sie was und dort hat sich ihr Einsatz hin und wieder auch bewährt."

„Wenn man dich so reden hört, könnte man fast meinen, du hättest was gegen Frauen."

„Quatsch. Ich mag Frauen. Sehr sogar. Und am liebsten im Bett."

Morsch lachte nicht, und Kascheck biß sich unsichtbar auf die Lippen. „Was rede ich nur für einen Unsinn zusammen. Macho-Gewäsch", dachte er, aber er hatte keine Ahnung, wie er jetzt die Kurve bekommen sollte, ohne vor seinem Durchläufer das Gesicht zu verlieren.

„Warum bist du eigentlich geschieden?“

Ja, warum eigentlich? In Wirklichkeit liebte er seine Ex-Frau noch immer und hätte gerne auf alle seine Zufallsbekanntschaften verzichtet, wenn er wieder mit ihr hätte zusammen sein können. Sie war seine Jugendliebe. Nicht die einzige, aber die einzig ernsthafte. Vielleicht hatten sie zu früh geheiratet, zu früh die beiden Kinder bekommen, zu wenig das Leben gemeinsam genossen.

„Eine gute Frage. Vielleicht kann man nicht beides zugleich sein: Polizist und Ehemann. Es fing damit an, daß sie sich über meine Dienstzeiten beschwerte. ‚Nie kann man sich etwas vornehmen‘, das war ihr Standardsatz. Im Grunde hatte sie recht damit. Ob es das Konzert in der Sporthalle oder der gemütliche Abend mit Freunden war: Regelmäßig klingelte das Telefon. Ein Todesfall auf einer Baustelle, die Wasserleiche aus dem Rhein oder der tödliche Ausgang einer Kneipenschlägerei. Immer mußte ich raus, mußte vor Ort die Drecksarbeit verrichten. Weißt du, das Schlimmste war, daß mein Job mir auch noch Spaß gemacht hat. Heute weiß ich, daß eine Frau das auf Dauer nicht mitmachen kann.“

Werner unterbrach ihn: „Wir sind in Refrath. Hier ist es passiert. Ich schlage vor, daß wir aber erst zur ZKB fahren.“

„Gewöhne dir diesen Abkürzungsfimmel nicht an. Das versteht doch kein Mensch. Kripo heißt das.“ Kaschecks Tonfall war plötzlich barsch. „Auch wenn einige Sesselpupser im Ministerium sich neue Organisationsnamen einfallen lassen, ändert sich unsere Arbeit nicht. Wir klären Verbrechen auf. Und das macht die Kripo schon seit hundertfünfzig Jahren in deutschen Landen.“

„Genauso wird manchmal gearbeitet.“

Kascheck mußte lachen.

Morsch stellte den Wagen auf dem erstbesten Parkplatz ab. Dann betraten sie die Eingangsschleuse und gaben den Sicherheitscode für die Zwischentür ein.

Barbara Reuter heftete in ihrem Büro im ersten Stock gerade die Ermittlungsakte van Denbroek zusammen.

„Hallo Barbara! Darf ich vorstellen: Gerd Kascheck. Er wird die weiteren Ermittlungen in deinem Fall leiten."

„Guten Tag. Dann erzählen Sie mal", sagte Kascheck, während er ihr die Hand reichte.

„Hier ist die Ermittlungsakte zu diesem Fall. Alles Wissenswerte können Sie meinen Berichten entnehmen. Sollten Sie Rückfragen haben, können Sie mich auch unter meiner Privatnummer erreichen." Sie setzte sich hinter ihren Schreibtisch, um wenigstens einen Teil ihres Körpers vor Kaschecks Blicken in Sicherheit zu bringen, und kritzelte ihre Nummer auf einen Zettel.

„Moment, Moment, Frau Reuter, Sie wollen jetzt doch nicht nach Hause gehen?" Kascheck schaute sie mit hochgezogenen Augenbrauen an.

„Wie bitte? Meine Arbeit beginnt Montagmorgen, hier im Büro. Ich habe schon eine ganze Weile Feierabend."

„Sie irren, werte Kollegin. Sie befinden sich mitten im Dienst. Und Ihr Dienstende ist noch nicht absehbar."

„Gott sei Dank sind Sie nicht mein Vorgesetzter . . ."

„Da irren Sie, Frau Kollegin", unterbrach Kascheck die Kommissarin und bemühte sich um einen förmlichen Ton. „Lassen Sie mich erklären: Sie haben heute morgen die Kriminalhauptstelle Köln über einen Todesfall informiert. Da hier der Verdacht auf Fremdeinwirkung vorliegt, haben Sie immerhin die Zuständigkeiten richtig bedacht. Als Kriminalhauptstelle setzen wir in Ihrer Behörde eine Mordkommission ein. Diese setzt sich zusammen aus Beamten der Hauptstelle sowie den Beamten der örtlich zuständigen Behörde. Ich muß Sie schon bitten, mit mir zusammenzuarbeiten."

„Herr Kascheck, ich habe den gestrigen Tag sowie die Nacht und den heutigen Tag überwiegend hier im Haus verbracht. Ich bin jetzt hundemüde und brauche vor allem eines: Schlaf, verstehen Sie, Schlaf!"

„Auch ich habe letzte Nacht größte körperliche Leistungen erbracht", grinste Kascheck, „trotzdem fordert man von mir heute Arbeitseinsatz. Sie kennen doch die Beamtenpflicht zur vollen Hingabe. Die Polizei ist kein Mädchenpensionat. Sie sind jetzt Mitglied einer Mordkommission. Also! Noch Fragen?“

„Können Sie Kaffee kochen, Herr Kascheck?“

„Ja, warum?“ fragte Kascheck nach.

„Sie kennen doch die Fürsorgepflicht des Dienstvorgesetzten für den Erhalt der Leistungsfähigkeit seiner Mitarbeiter. Sie sind jetzt Vorgesetzter einer Mordkommission“, äffte Barbara Reuter Kaschecks Tonfall nach.

„Eins zu eins“, dachte Werner Morsch vergnügt. Die Sache begann ihm Spaß zu machen.

Die erste Besprechung der Mordkommission „van Denbroek“ fand im Tagungsraum neben Barbara Reuters Büro statt. Der Kaffee dampfte und verbreitete ein anregendes Aroma. Gerd Kascheck füllte die Tassen, als ob er in seinem Leben nie etwas anderes getan hätte.

Er räusperte sich kurz, um sicherzugehen, daß alle ihm zuhörten. „Ich habe Ihre Berichte gelesen, Frau Reuter. Vorab schlage ich vor, unser Verhältnis auf eine Ebene zu bringen. Wir werden in den nächsten Tagen äußerst eng zusammenarbeiten. Ich pflege dann, meine Kollegen zu duzen. Ich heiße Gerd.“

„Barbara“, antwortete die Kommissarin und reichte Kascheck die Hand. „Gut, also wenden wir uns als erstes deinen Berichten zu, Babsie.“

„Barbara ist mein Vorname.“

„T’schuldigung, Barbara. Also, Du hast einen elementaren Fehler bei der Leichenschau gemacht“, fuhr er fort, „eigentlich müßtest du zukünftig Ladendiebstählen nachgehen. Mir gefällt aber, daß du zu deinem Fehler stehst und ihn in deinem Bericht richtigstellst. Das ist eine gute Basis.“

„Die neue Generation ist besser als ihr Ruf“, warf Werner Morsch ein.

„Hoffentlich auch mit der entsprechenden Qualität, mein lieber Werner. Dazu müßt ihr noch einiges lernen. Zurück zu unserem Fall. Ich schlage vor, daß wir jetzt als erstes Staatsanwaltschaft, Gerichtsmedizin und Spurensicherung benachrichtigen und dann die Villa durchsuchen. Einverstanden?"
„Eine Ergänzung", sagte Barbara Reuter, „der Bestatter Schwartz muß informiert werden, daß er die Leiche zur Gerichtsmedizin nach Köln bringen soll."
„Richtig. Ich übernehme die Telefonate. Barbara und Werner, ihr fahrt schon mal nach Refrath. Seht Euch um. Sobald ich hier frei bin, komme ich nach."
Allein im Büro, zückte Gerd Kascheck sein Notizbuch. Er hatte schon mehrfach mit Staatsanwalt Hans-Joachim Reischke zusammengearbeitet und wußte, daß er immer Zeit hatte. Ihm war es egal, wann er angerufen wurde, auch wenn er private Verabredungen sausen lassen mußte. Seine Ehefrau hatte volles Verständnis für seinen Beruf und hielt ihm den Rücken frei, wo sie nur konnte. Kascheck beneidete ihn. Er hätte sich bei seiner Frau dieselbe Einstellung gewünscht. Natürlich war Reischke ohne Zögern einverstanden, die Leichenöffnung sofort vornehmen zu lassen. Dann vereinbarte Kascheck mit der Gerichtsmedizin einen Termin für achtzehn Uhr.

27

Der Weinkeller befand sich noch in demselben Zustand, in dem Barbara Reuter ihn gestern nach Mitternacht verlassen hatte.

„Das sieht ja aus, als ob hier ein Blutbad stattgefunden hätte", rief Morsch erschrocken aus, als er den getrockneten Wein bemerkte, der fast den ganzen Boden bedeckte.

„Ja, aber es ist nur Wein. Blut wäre jetzt schon braun oder sogar schwarz."

Ein Stück der Wäscheleine war immer noch an dem Regalbrett befestigt. Barbara Reuter nickte nur stumm, als sie Morschs fragenden Blick sah. „Woher stammt der große Weinfleck im Flur?" fragte er schnell, um abzulenken.

„Da haben wir die Tote zur Leichenbesichtigung hingelegt. Ihre Kleidung war teilweise weindurchtränkt."

„Dann muß es geschehen sein, kurz, bevor die Leiche gefunden wurde."

„Weil der Wein noch nicht getrocknet war?"

„Ja, genau."

„Das habe ich zuerst auch gedacht. Aber bei hoher Luftfeuchtigkeit verzögert sich der Trocknungsprozeß erheblich. Der Weinkeller war sehr feucht, als wir vorgestern kamen. Und die Tür dichtet gut ab. Sollen uns die Wissenschaftler etwas zu den Zeiten sagen. Laß uns mit der Durchsuchung des Hauses beginnen. Ich schaue mich oben um. Du übernimmst den Keller."

„Wonach suchen wir überhaupt?" fragte Morsch.

„Gute Frage. Für mich ist das auch Neuland. Gelernt habe ich, daß ein Mord meistens ein Beziehungsdelikt ist. Das heißt, Täter und Opfer kannten sich mehr oder minder gut. Wir müssen daher Anhaltspunkte finden über Personen, zu denen Vera van Denbroek Kontakt hatte. Notizbücher, Briefe können Hinweise geben, oder Kleidungsstücke, die nicht zum Opfer passen oder Gegenstände, die der Täter zurückgelassen haben könnte. In der Hektik des Geschehens wird häufig etwas vergessen. Setz einfach deine Spürnase ein!“

„Sehr wohl, Frau Kommissar, Sherlock Morsch macht sich an die Arbeit.“

Ihr Lachen befreite von der Umklammerung der düsteren Atmosphäre.

„Fünfundneunzig Prozent aller Tötungsdelikte werden aufgeklärt. Eine gute Ausgangsposition für uns, nicht wahr?“

„Wenn man es so betrachtet, ja. Beim Lotto jedenfalls gehöre ich immer zur Mehrheit.“ Werner Morsch wandte sich ab und betrat die Schwimmhalle.

Barbara Reuter stieg die Treppe zum Erdgeschoß hinauf. Großflächige Schiebetüren grenzten das weiträumige Wohnzimmer zur Süd- und Westseite vom Garten ab. Erlesene Antiquitäten und moderne Designermöbel verrieten einen exklusiven Geschmack. Barbara Reuter blieb an einem Schreibtisch stehen, der mit einer wirkungsvollen Intarsienarbeit ausgestattet war. Auf der Schreibplatte waren zahlreiche Fotos aufgestellt. Barbara Reuter nahm ein Bild in die Hand, das die Tote mit einem männlichen Begleiter zeigte. „Paris 1985“ war auf der Rückseite vermerkt. Auf einem weiteren Foto waren die gleichen Personen abgebildet: „Tokio, 1984“. Je mehr Bilder sie untersuchte, desto mehr Großstadtvermerke entdeckte sie. Eine Porträtaufnahme enthielt den Namen des männlichen Begleiters: Peter van Denbroek. Unterhalb der Schreibplatte waren mehrere Schubladen eingelassen. Schon die erste quoll von Briefen über. Barbara Reuter entnahm einen Stapel und überflog deren Inhalt: „Wir bitten Sie, den o. g. Betrag auf unser Konto zu überweisen.“ – „Leider haben Sie übersehen, die fälligen Zahlungen vorzunehmen.“ – „Ihr persönliches Kundenkonto wurde bisher nicht ausgeglichen.“ Die Rechnungssteller waren sämtlich Boutiquenbesitzer und Juweliere. Wie doch der Schein trügen kann, dachte Barbara Reuter.

Eine weitere Lade enthielt Korrespondenz mit ihren Eltern. Schon der erste Brief war interessant. „Vater ist nicht mehr bereit, Deine Gläubiger zufriedenzustellen. Bitte zügele Deine Kaufwünsche. Mutter." Die Inhalte der anderen Schreiben waren ähnlich.

Ein lauter Gong schreckte Barbara Reuter auf. Sie ging in die Eingangshalle und schaute auf den Monitor.

„Öffnet niemand?" Die sonore, wenn auch etwas verzerrte Stimme kam aus dem kleinen Lautsprecher neben der Eingangstür. Sie gehörte zum Beifahrer eines weißen VW-Transporters, der sich halb aus dem Fenster lehnte. „Noch keine Reaktion", antwortete ein mit einem weißen Einteiler bekleideter junger Mann, der vor dem Tor stand, und schaute wieder zum Haus herüber. Behäbig kletterte der Fragesteller aus dem Fahrzeug. Jetzt konnte Barbara sehen, daß zu der tiefen Stimme ein entsprechender Resonanzkörper gehörte. „Neunter Schwangerschaftsmonat", dachte sie unwillkürlich und lächelte. Sie wußte, daß das Fahrzeug und diese weißgekleideten Männer zur Spurensicherung gehörten. Als sie den Türöffner betätigte, betraten die Kriminalisten vorsichtig, den Kopf nach unten auf das Natursteinpflaster geneigt, das Grundstück. Gelegentlich bückten sie sich oder knieten nieder. Es vergingen mehrere Minuten, bis sie zur Haustür gelangten. Sie nahmen ihren Job ernst.

„Ich habe schon gedacht, Sie kommen heute nicht mehr an."

„Nur keine falschen Hoffnungen. Karl Wenig. Sehe aber nach mehr aus", entgegnete der Resonanzkörper grinsend.

„Ick bin Mike Kosanke. Spurensicherung Köln", berlinerte sein Kollege, „ick hol jetze den Koffa."

„Der ist ein Ossi", erklärte Wenig, als Kosanke gegangen war, „hat sich nach Köln versetzen lassen, damit seine Kinder als Wessis aufwachsen. Er glaubt, es geht ihnen dann besser."

„Ein sympathisches Team", dachte Barbara Reuter, während sie die Kollegen über den bisherigen Kenntnisstand informierte.

„Das wird ein paar Stündchen dauern, bis wir hier fertig sind. Wo kann man denn was zu beißen kriegen?“ fragte Wenig.
„O je, Samstagnachmittag ist das nicht so einfach. Einen Imbiß gibt es in der Nähe nicht, glaube ich. Pizzataxi wäre die schnellste Lösung“, antwortete Barbara Reuter. „Soll ich was bestellen?“
„Pizza Tutti Gusti.“
„Wie bitte?“
„Eine Pizza, mit allem belegt, eben tutti gusti. Dazu einen gemischten Salat mit Cocktaildressing. Rotwein würde das ganze abrunden, aber wir sind ja im Dienst. Sagen wir Mineralwasser. Und du, Mike?“
„Ick hab Stullen und ’ne Banane dabei. Det weeßte doch.“
„Wie soll aus dir ein richtiger Wessi werden?“ lachte Wenig. Sein Doppelkinn tanzte dabei hin und her. „Laß uns draußen mit der Spurensuche beginnen“, schlug er Kosanke vor und legte einen Arm um seine Schultern, „drinnen können wir notfalls auch noch abends arbeiten, wenn die Sonne untergegangen ist.“
Barbara Reuter bestellte die Pizza. Bereits während des Telefonats wandte sie sich wieder dem Schreibtisch zu und sichtete mühsam jeden Brief, ohne dabei auf Neuigkeiten zu stoßen, die sie weitergebracht hätten. Routinemäßig hob sie die ledereingefaßte Glasplatte an, die als Schreibunterlage diente, und entdeckte darunter einen zusammengefalteten Bogen handgeschöpftes Briefpapier. Mit einem Blick hatte sie den Inhalt überflogen.

Lieber Franz,
Friederike neben mir zu wissen, habe ich hingenommen, auch wenn es mir schwergefallen ist. Deinen Versprechungen und Beteuerungen habe ich geglaubt. Lange Zeit. Jetzt weiß ich, daß alles Lüge war.
Du bist, wer du bist, und du bist, wie du bist.
Ich bin anders, als du glaubst. Ich lasse mir nichts gefallen.
Du wirst noch bereuen, was du getan hast.

Verena

Na, das ist doch was, dachte Barbara Reuter erfreut. Sie legte den Brief in einen Umschlag aus dem Spurensicherungskoffer und vermerkte, wo sie ihn gefunden hatte.
Wieder ertönte der Gong. Diesmal war es Kascheck, der sich zunächst seinen Kölner Kollegen zuwandte. Während des Gesprächs gestikulierte er mit Händen und Armen. Häufig neigte er sich zu Karl Wenig, um seinen Worten Nachdruck zu verleihen. Barbara Reuter konnte durch die geschlossenen Fenster nicht verstehen, was Kascheck sagte. Mimik und Gestik verrieten ihr aber, daß es sich um Anweisungen handeln mußte.
Als Kascheck nach einer Weile das Haus betrat, kam er direkt zur Sache: „Erste Ergebnisse?"
„Ich habe diverse Mahnschreiben gefunden. Ein deutliches Zeichen dafür, daß Verena van Denbroek den aufwendigen Lebensstil, den sie mit ihrem Mann geführt hatte, nicht mehr finanzieren konnte. Und hier ist ein nicht abgesandter Brief der Toten, offensichtlich an einen Liebhaber adressiert."
Kascheck überflog die Zeilen und ließ einen Pfiff erklingen. „Wir müssen sofort herausfinden, wer Franz und Friederike sind, vor allem Franz. Das kann ja nicht schwer sein. Vielleicht haben wir dann schon die Lösung. Gut gemacht, Barbara."
Werner Morsch kam aus dem Keller herauf. „Hallo Chef!"
„Bist du fündig geworden, Werner?"
„Nichts Wesentliches. Aufgefallen ist mir ein Kugelschreiber der gehobenen Preisklasse vor dem Duschraum der Schwimmhalle. Er trägt ein Logo der Deutschen Bank. Ich kann mir aber keinen Reim drauf machen."
„Was ist da besonderes dran? Die van Denbroek war doch Kundin dort. Das ist uns bereits bekannt."
„Schon richtig, Chef. Kundin. Aber diese Kugelschreiber wurden als Präsent nur an Bankbedienstete ausgegeben."
„Woher willst du das denn wissen?"
„Hab ich zufällig letzte Woche mitbekommen, als wir wegen des Banküberfalls dort waren."

„Eine gute Bankkundin wie die van Denbroek wird vielleicht bei irgendeiner Gelegenheit auch so einen Kugelschreiber erhalten haben. Wer Schulden hat, ist immer ein guter Bankkunde. Solche Werbegeschenke sind wahrlich nicht unüblich. Kümmern wir uns zunächst um diesen Franz."

„Ich werde Schwartz zu diesem Franz befragen", schlug Barbara Reuter vor, „der kannte das Umfeld der Toten."

„Nein, Barbara. Für dich habe ich einen anderen Auftrag."

„Soll ich jetzt raten oder ist mein Wochenendvorgesetzter so gnädig, mich zu informieren?"

„Um sechs findet im Gerichtsmedizinischen Institut der Universität Köln die Obduktion deiner Leiche statt. Du leistest dem Staatsanwalt Gesellschaft."

„Warum gerade ich?" stieß Barbara Reuter leise hervor. Sie war ganz blaß geworden.

„Wir sind nur zu dritt. Werner ist Durchläufer, den darf ich nicht schicken. Ich übernehme hier die Koordinierungsaufgaben. Also mußt du fahren."

Alles in Barbara Reuter sträubte sich dagegen. Schon bei dem Gedanken an die Säge, die die Schädeldecke auftrennt, überzog sie ein kalter Schauer. Darauf konnte sie gut verzichten. Und dann der Geruch. Nein. Nicht in diesem Fall.

„Du hast doch nicht etwa Angst?"

Barbara Reuter zögerte einen Augenblick. Dann sagte sie gepreßt: „Doch, ich glaube, ich habe Angst davor."

„Mensch Barbara, was du empfindest ist keine Angst. Meinst du, mir macht es Vergnügen, wenn ein Mensch aufgeschlitzt wird, die Innereien herausgeholt werden? Das ist nicht angenehm, klar, aber das ist doch keine Angst, sondern einfach nur Unbehagen." Kascheck sah sie durchdringend an. „Aber selbst wenn es Angst wäre. Alle Menschen haben Angst, Barbara. Wir unterscheiden uns nur durch die Fähigkeit, unsere Angst zu kaschieren. Wir machen uns alle etwas vor. Hast du schon mal darüber nachgedacht, warum viele Menschen sich einer Religion zuwenden, warum intelligente Mitbürger rauchen,

warum sie sich mit Alkohol abfüllen oder laufend Tabletten schlucken, warum Versicherungsgesellschaften zu den reichsten Unternehmen der Welt gehören, warum dich dein Vorgesetzter bei Ermittlungsfehlern vor allen zusammenscheißt, warum selbst die Machos unter den Kollegen Scheißvorgesetzten nicht widersprechen, warum sie aus den Latschen kippen, wenn sie eine zermatschte Leiche sehen, warum alle Polizisten in Deutschland mit Pistole, Schlagstock und Reizstoffsprühgerät ausgerüstet sind, warum deren Ehepartner beim Abschied sagen ‚Paß auf dich auf'? Warum, warum, warum? Es ist immer die Angst, die Scheißangst. Also reiß dich zusammen, Barbara! Ansonsten wirst du in diesem Beruf nicht bestehen können."
Barbara Reuter antwortete nichts. Sie stand eine Weile schweigend, dann drehte sie sich plötzlich auf dem Absatz um. Wie in Trance ging sie zu ihrem Dienstwagen, stieg ein und fuhr davon.

28

Kascheck saß gerade bei seiner ersten Tasse Kaffee, als die Tür mit Elan aufgerissen wurde.
„Morgen Barbara! Na? Alles überstanden?"
„Ja, entschuldige mein gestriges Verhalten. Es war eigentlich gar nicht so schlimm." Kascheck schaute etwas irritiert, deshalb setzte sie schnell hinzu: „Ich meine die Obduktion."
„Schon gut. Wir haben alle mal klein angefangen. Was sagen denn die Gerichtsmediziner?"
„Tod durch Erdrosseln. Am Freitag zwischen zwölf und sechzehn Uhr. Der schriftliche Obduktionsbericht kommt noch."
„Gut. Dann schlage ich vor, daß wir uns diesen ominösen Franz vornehmen. Sternburg heißt er mit Familiennamen. Franz Sternburg, Geschäftsführer der Fertgen-Chemie. Friederike ist seine Ehefrau, und, hör gut zu, eine geborene Fertgen, Tochter des Inhabers der Firma, bei der Sternburg angestellt ist. Dieser Totengräber Schwartz hat mir erzählt, daß Sternburg mit Verena van Denbroek befreundet war. Näheres weiß er nicht oder will er nicht sagen. Ich denke, wir fragen Sternburg selbst. Gleich heute morgen. So als Frühstücksgespräch anstelle von Champagner." Kascheck hatte keine Ahnung, wie nahe er mit dieser witzig gemeinten Bemerkung einer von Sternburgs Lieblingsbeschäftigungen gekommen war.
Zehn Minuten später waren beide auf dem Weg nach Forsbach.
„Hast du dich als Kölner schon mal näher mit dem Bergischen Land beschäftigt, Gerd?"
„Offengestanden, nein. Dienstlich komme ich gelegentlich in euer Gebiet. Meist sind es Vernehmungen, manchmal auch Durchsuchungen. Zeit für touristische Ausflüge bleibt da nicht."
„Nie mal eine Wanderung am Wochenende?"
„Ich gestehe, auch das, nein. Weißt du, mein Vater hat immer gesagt, in Deutz beginnt Sibirien."

„Und das hast du geglaubt?“
„Als Junge hat mir das einen mächtigen Schrecken eingejagt. Sibirien, das Wort klang schon so furchtbar. Ich hatte immer das Gefühl, dort wohnen Menschenfresser. Deshalb war der Rhein für mich lange Zeit eine unüberwindbare Grenze.“
„Na, dann kann ich dir ja nur empfehlen, gut auf der Hut zu sein“, erwiderte Barbara Reuter spöttisch.
„Das heißt ja nicht, daß ich das heute noch glaube. Aber damals hat es mich mächtig beeindruckt.“
„Ja, es ist schon erstaunlich, wie unbedacht Erwachsene derartige Bilder in Kindern hervorrufen. Schwarze Männer lauern in Kellern, alte Frauen mit Runzeln im Gesicht sind Hexen, die des Nachts im Walde tanzen. Manchmal denke ich, für Kinder wäre es besser, wenn sie ohne Erwachsene groß würden.“
„Ja, vielleicht wäre das wirklich besser.“
Barbara Reuter war nicht sicher, ob Kascheck das wirklich so meinte oder ob er mit ihr darüber nur nicht diskutieren wollte. „Übrigens, das mit Sibirien, das stammt nicht von deinem Vater. Nach meiner Kenntnis, die allerdings von meinem Vater stammt, soll das einer der Aussprüche des alten Adenauer gewesen sein.“
„Ach?“ Kascheck schien erstaunt. „Dann war Adenauer nur ein halber Rheinländer. Ein sogenannter Linksrhein-Rheinländer.“
„Dafür ist er aber dann später der Held aller Deutschen geworden. Spätestens, als er die Kriegsgefangenen aus Rußland nach Hause holte. Mein Großvater gehörte dazu.“
Kascheck schwieg. Vielleicht, dachte Barbara Reuter, hatte er unangenehmere Erinnerungen an diese Zeit. Für sie, die noch viel mehr als Kascheck mit der sogenannten Gnade der späten Geburt ausgestattet war, lag alles, was mit Krieg und Nachkriegszeit zu tun hatte, in unendlicher Ferne.
„Was wird denn hier gebaut?“
„Ja Gerd, das ist neu und trotzdem historisch. Die Straßenbahnlinie eins wird nach Bensberg-City verlängert, und dafür braucht man einen Tunnel, den Maria-Theresia-Tunnel.“

„Was hat denn die alte österreichische Kaiserin mit Bensberg zu schaffen?“
„Nichts. Maria Theresia ist der Vorname unserer Bürgermeisterin.“
„Sie lebt noch? Und der Tunnel ist nach ihr benannt?“
„Ja, mit Pomp und Täterä. Ich hab dieser Namenswahl immer zugute gehalten, daß Frau Opladen unendliche Verdienste um das Ding hat, von denen ich nur nichts weiß.“
Am Ortsausgang von Bensberg dirigierte sie ihn nach rechts in die Friedrich-Offermann-Straße nach Forsbach.
„Die meisten Kölner kennen vom Königsforst, durch den wir gerade fahren, meist nur das Wildgehege in Brück. Je weiter man nach Osten gelangt, desto interessanter ist die Vegetation. Vor hundertfünfzig Jahren gab es hier nur Laubholz. Als der Bedarf der Industrie anstieg, pflanzte man dann das schneller wachsende Nadelholz. Wenn du genau hinsiehst, entdeckst du in diesem Bereich Mischwald: Eschen, Eichen, Fichten, Tannen, Birken und Erlen.“
„Von Botanik verstehst du also auch was.“
Barbara Reuter überhörte den ironischen Unterton von Kascheck. „Nicht viel. Ich bemühe mich nur, mit offenen Augen durch die Welt zu gehen, vor allem durch meine eigene Heimat.“
Eine Weile fuhren sie schweigend auf der Straße, die sich durch den in vollem Laub stehenden Wald schlängelte. Am Ortseingangsschild schwenkten sie nach links ab. Wenig später hielt Kascheck vor einem prachtvollen Landhaus.
„Das muß es sein. Etwas zu protzig, wenn du mich fragst“, bemerkte Kascheck.
Er betrat das Grundstück durch das nur angelehnte Gartentor. „Komm Barbara!“
In diesem Augenblick wurde die Terrassentür geöffnet. Ein Mann in einem weißen Bademantel erschien und rief, während er mit beiden Armen gestikulierte: „Wir kaufen nichts. Gehen Sie bitte. Das ist ein Privatgrundstück!“

Mit schnellen Schritten ging Kascheck auf ihn zu. „Uns ist nicht entgangen, daß es ein klein wenig anders aussieht als der Wald da drüben."
„Warum respektieren Sie das dann nicht?"
„Herr Sternburg?"
„Ja. Warum? Wer sind Sie?"
„Kascheck, ich heiße Kascheck. Das ist meine Kollegin, Frau Reuter. Wir sind von der Kriminalpolizei." Er zog eine schon ziemlich verknickte Visitenkarte aus dem Jackett und hielt sie Sternburg hin.
Franz Sternburg fuhr sich mit der rechten Hand durch das noch ungekämmte Haar. Unsicher blickte er auf die Visitenkarte und dann auf die ungebetenen Besucher. „Eine Visitenkarte kann sich jeder drucken lassen. Haben Sie keinen Ausweis?"
„Aber ja, natürlich, den haben wir auch." Es dauerte eine Weile, bis Kascheck ihn gefunden hatte.
„Was führt Sie zu mir? Um diese Zeit?"
„Könnten wir das im Haus besprechen? Es wird vielleicht etwas länger dauern."
„Meine Frau schläft noch. Es wäre mir angenehm, wenn wir sie nicht wecken würden." Sternburg führte die beiden ins Wohnzimmer. Mit der rechten Hand deutete er auf die weiße Ledercouch. „Bitte, nehmen Sie Platz."
„Wir beide", dabei blickte Kascheck auf seine Kollegin, „gehören zur Mordkommission. Eine gewisse Verena van Denbroek ist getötet worden."
„Verena", sagte Sternburg. Seinem Tonfall war nicht zu entnehmen, ob er den Vornamen als Frage oder als Feststellung aussprach. „Getötet, sagen Sie?"
„Getötet."
„Wie? Wann? Das kann nicht sein! Verena und tot." Franz Sternburg wirkte jetzt betroffen.
Barbara Reuter hatte Zweifel, ob diese Trauer echt war. „Sie wurde am Freitag erdrosselt in ihrem Haus aufgefunden. Wir haben erfahren, daß Sie Frau van Denbroek kannten. Stimmt das?"

„Ja. Natürlich. Ja."
„Welche Beziehung hatten Sie zu Frau van Denbroek?"
„Ich kenne sie noch nicht sehr lange. Wir waren gut miteinander bekannt. Gingen schon mal zusammen in ein Restaurant. Sie müssen wissen, Verena war Witwe. Sie hatte nicht sehr viele Bekannte hier."
„Kennt Ihre Frau die Verstorbene auch?" hakte Barbara Reuter nach.
„Äh, nein. Durch meinen Beruf, ich bin Geschäftsführer eines Chemieunternehmens, habe ich viele Kontakte. Meine Frau wird sehr schnell eifersüchtig. Sie wußte nichts von dieser harmlosen Bekanntschaft und soll davon auch nichts erfahren. Ich bitte Sie."
Kascheck warf Barbara Reuter einen hoffnungsvollen Blick zu.
„Jetzt mal konkret, Herr Sternburg. Waren Sie mit Verena van Denbroek befreundet?"
Franz Sternburg ging zum Barschrank. „Möchten Sie etwas trinken?" fragte er und holte einen Cognacschwenker aus dem Schrank.
Barbara Reuter kam mit einem schnellen „Nein, danke" Kascheck zuvor, der bereits ein „Ja, gerne" auf den Lippen hatte.
„Und Sie, Herr Kascheck?"
„Danke, nein. Wir sind im Dienst", fügte er mit einem bedauernden Unterton hinzu.
Sternburg setzte sich. Er nahm einen kräftigen Schluck.
„Sie haben meine Frage noch nicht beantwortet, Herr Sternburg."
„Entschuldigen Sie meine Unaufmerksamkeit. Was Sie mir eben gesagt haben, hat mich doch betroffen gemacht. Wie war die Frage noch mal?"
„Waren Sie Frau van Denbroeks Liebhaber?"
Franz Sternburg zögerte. Er räusperte sich mehrfach, als ob er sich verschluckt hätte. Dann hatte er seine Entschlossenheit wiedergefunden. „Nein", sagte er, „wir trafen uns gelegentlich. Wie gesagt, ein Restaurantbesuch oder auch die Teilnah-

me an einer Vernissage. Mir ging es darum, Verena auf andere Gedanken zu bringen. Sie hatte ihren Mann durch einen tragischen Unfall verloren. Ich habe sie bei ihrer Trauerarbeit unterstützt."

„Mehr war wirklich nicht?" Kaschecks Augen hatten sich zu Schlitzen verengt.

Franz Sternburg trank sein Glas leer. Langsam stellte er es auf den Couchtisch zurück. Fahrig strich er sich eine Haarsträhne aus der Stirn. Seine Hände suchten einen Halt. Er griff wieder nach dem Glas und drehte es zwischen seinen Händen. „Ich will Ihnen die Wahrheit sagen: Ja, ich hatte ein Verhältnis mit Verena. Sie war eine attraktive Frau, sie war intelligent, sie war allein. Welcher Mann kann da schon widerstehen."

„War Ihr Verhältnis zu ihr ungetrübt?" fragte Barbara Reuter.

„Wie meinen Sie das?"

„Nun, gab es Streit oder Unstimmigkeiten?"

„Sie glauben doch nicht etwa, ich hätte Verena getötet?"

„Was wir glauben, steht hier nicht zur Debatte. Wir sind diejenigen, die Fragen stellen. Beantworten Sie Frau Reuters Frage!" Kaschecks Ton war eine ganze Spur schärfer geworden.

„Wieso sollten wir uns streiten?"

„Sie fragen wieder, Herr Sternburg. Für Sie ist es doch ganz einfach. Sie brauchen nur zu antworten."

„Mir fällt ein solcher Vorfall nicht ein."

„Wenn Ihre Frau von Ihrem Verhältnis zu Frau van Denbroek erfahren hätte, wie hätte sie reagiert?"

„Wie jede Frau", erklärte Sternburg und schaute dabei Barbara Reuter an. „Sie wäre sicher eifersüchtig gewesen. Deshalb möchte ich auch, daß Friederike nichts von dieser Angelegenheit erfährt."

„Die Fertgen-Chemie gehört Ihrem Schwiegervater. Wie würde er reagieren, wenn er von Ihren Kontakten zu Verena van Denbroek wüßte?"

„Alle Väter wollen ihre Töchter in einer glücklichen Ehe sehen. Sicherlich auch mein Schwiegervater."

„Würde das Ihre Position in der Firma gefährden?“ bohrte Kascheck weiter.
„Werden Sie nicht unverschämt, Herr Kascheck. Ich bin Geschäftsführer, weil ich es verstehe, die Firma gewinnbringend zu leiten. Mein Privatleben hat nichts mit meiner beruflichen Karriere zu tun“, sagte Sternburg barsch. Unbewußt wischte er sich mit der Hand über die Stirn.
„Sie weichen mir aus, Herr Sternburg. Ich will meine Frage konkreter stellen: Könnte Herr Fertgen Sie entlassen?“
„Die Fertgen-Chemie gehört meinem Schwiegervater. Als Geschäftsführer habe ich die Aufgabe, die Firma im Sinne des Eigentümers zu leiten. Natürlich könnte er mich entlassen, wenn ich seine Vorstellungen nicht mehr erfülle. Oder ist das bei Ihnen anders? Sie könnten doch auch zu einer anderen Dienststelle versetzt werden, Herr Kascheck, wenn Ihr Vorgesetzter dies für sinnvoll hält, oder?“
„Richtig. Nur bekomme ich weiterhin mein Gehalt. Sie aber“, dabei hob Kascheck die Stimme etwas, „würden Ihren Job verlieren, Herr Sternburg.“ Wieder leiser, fast milde, fuhr er fort: „Jeder Richter hätte Verständnis für Ihre Situation. Existenzangst bringt immer mildernde Umstände.“
Sternburgs Gesicht färbte sich rot. Seine Faust knallte krachend auf den Tisch. „Jetzt reicht es mir aber. Verlassen Sie sofort mein Haus! Diese Unverschämtheiten muß ich mir nicht länger anhören.“
„Schon gut, schon gut. Wir gehen ja“, sagte Gerd Kascheck. „Aber wir kommen wieder. Auch Ihre Frau werden wir befragen müssen. Es sei denn, Sie können rechtzeitig etwas zur Aufklärung beitragen.“
Sie waren schon fast an der Tür, als sich Kascheck noch einmal umdrehte. „Einen schönen Sonntag, Ihnen und ganz besonders Ihrer Frau Gemahlin, Herr Sternburg.“

29

Na, wie war's?" Morsch erwartete sie im Büro voller Spannung.

„Unser Besuch war aufschlußreich", antwortete Kascheck.

„Er ist bisher der einzige Tatverdächtige", ergänzte Barbara Reuter.

„Ja", fügte Kascheck hinzu, „er hat ein Motiv. Sternburg hatte tatsächlich ein Verhältnis mit dem Opfer. Seine Frau glaubte an ihren treuen und geschäftstüchtigen Ehemann und ahnte nicht, daß er gewisse Geschäftstermine bei alleinstehenden Frauen verbrachte. Das Pikante daran ist, daß Sternburg Angestellter bei seinem Schwiegervater ist."

„Und damit", schaltete sich Werner Morsch ein, „setzte die van Denbroek ihn unter Druck. Sie drohte, seine Frau zu informieren. Er fürchtete nicht nur um seine Ehe, sondern auch um seinen Job, sah keinen Ausweg und tötete sie."

„So könnte es gewesen sein."

„Nein, Gerd, das ist zu billig. Der Geschäftsführer eines Chemiekonzerns könnte sie mit Geld abfinden. Und Geld brauchte die van Denbroek. Das ergibt sich doch aus den Mahnschreiben."

„Genau das ist es, Werner", sinnierte Gerd Kascheck. „Sternburg hat kein Geld, er ist nicht vermögend. Alles, was er nach außen hin zu besitzen scheint, gehört in Wirklichkeit seiner Frau. Läßt Friederike ihn fallen, ist seine gesamte Existenz gefährdet. Ach, was sage ich, gefährdet! Seine berufliche Zukunft wäre kaputt, er wäre platt, müßte neu anfangen. Für mich ist die Motivlage einwandfrei. Was meinst du, Barbara?"

„Im Prinzip hast du recht. Aber das sind nur Vermutungen. Uns fehlen die Beweise. Und das weiß Sternburg auch."

„Er hat uns doch angelogen. Von wegen, das Verhältnis mit dem Opfer war ungetrübt! Schwartz hat uns doch erzählt, daß

er ihn mit einer anderen Frau gesehen hat. Das war doch bei diesem Vortragsabend, auf dem die van Denbroek auch gewesen ist. Er kann ihr mit seiner neuen Flamme doch gar nicht verborgen geblieben sein. So etwas trifft tief."
„Ist das ein Beweis?" fragte Werner Morsch nach.
„Ein Indiz", antwortete Kascheck, „und wenn wir das zusammen mit den Formulierungen des nicht abgeschickten Briefes vernünftig einpacken, reicht das für einen Haftbefehl. Wenn Sternburg erst einmal sitzt, wird er schon weich werden und auspacken. Ihr werdet es sehen."

30

Zur selben Zeit saß Teuchert knappe drei Kilometer nordwestlich vom Büro der drei Kriminalisten entfernt in seiner Junggesellenküche. Sein Frühstück bestand aus starkem Kaffee und Knäckebrot, das dick mit Brombeermarmelade bestrichen war.

Rasch blätterte er die Seiten der Zeitung durch. An dem Bild mit dem Porträt einer hübschen jungen Frau blieben seine Augen hängen. Er überflog den zugehörigen Text, der den gegenwärtigen Sachstand der polizeilichen Ermittlungen wiedergab und um sogenannte sachdienliche Hinweise aus der Bevölkerung bat. „Die Polizei geht davon aus, daß es sich nicht um Selbstmord handelt", las er. Der Appetit war ihm vergangenen. Kein Selbstmord! Das bedeutete Ermittlungen. Verdammt! Aber er fand keine Hinweise auf die weitere Vorgehensweise der Polizei. Sicherlich würden sie nach Fingerabdrücken suchen, wenn sie das nicht schon getan hatten. Was hatte er überhaupt alles angefaßt? Die Türklinke? Nein, die Erpresserin hatte ihm Tür und Tor selbst geöffnet. War erschrocken gewesen, als sie ihn plötzlich am Eingang stehen sah, während sie einige Rosen abschnitt. Hatte sich aber schnell gefaßt und ihn hereingebeten. Wollte offensichtlich den Nachbarn wenig Chancen geben, sie gemeinsam zu sehen. Hatte ihm dann sogar einen Kaffee angeboten, den er aber abgelehnt hatte. Schritt für Schritt ging Teuchert noch einmal alle Stationen durch. Nein, er war ganz sicher, Fingerabdrücke hatte er nicht hinterlassen. Von dieser Seite also konnte ihm keine Gefahr drohen. Aber was war mit den Notizen, von denen die van Denbroek bei ihrem Treffen im Paas gesprochen hatte? Er muß benebelt gewesen sein, daß er die völlig aus seinem Gedächtnis verloren hatte. Wenn die wirklich existierten und die Polizei sie fand, dann wäre er geliefert.

Dann würden die Bullen sich ganz schnell alles zusammenreimen. Mord und Bankraub. Wie viele Jahre würde er kriegen? Lebenslänglich. Mindestens fünfzehn Jahre. Ende, aus, vorbei. Seine Schläfen klopften, sein Herz pochte. Schweißperlen rannen ihm von der Stirn und brannten in seinen Augen. Sollte die Plackerei der letzten Jahre umsonst gewesen sein?
Noch war es nicht so weit, und wenn er klaren Kopf bewahrte und sich jetzt nicht ins Bockshorn jagen ließ, würde es dazu auch nicht kommen. Er ignorierte den fortgeschrittenen Zeigerstand der Küchenuhr. Bevor er ins Büro fuhr, brauchte er eine zweite Dusche.

31

Die Hände tief in die Hosentaschen vergraben und die Augen starr auf den Boden gerichtet, eilte Teuchert an der Pforte vorbei und stürmte die Treppe hinauf.

„Herr Teuchert!“ Die Stimme von Sternburgs Sekretärin stoppte ihn. „Die Polizei ist hier.“

Ihm wurde schwindlig. Gesine Maus, die vor ihm auf dem Flur stand, verschwand im Nebel.

„Ist Ihnen nicht gut?“

„Sie wissen doch, mein Kreislauf. So oft morgens. Es wird gleich besser.“ Teuchert suchte mit seinen Augen nach einem Stuhl. Im selben Augenblick kam Kascheck aus Sternburgs Büro und stellte sich vor.

„Wir“, dabei blickte er durch die Tür zu Werner Morsch, „warten auf Herrn Sternburg. Können Sie uns sagen, wann er kommt?“

„Eigentlich jeden Augenblick. Kann ich Ihnen weiterhelfen?“

„Danke. Bemühen Sie sich nicht. Wir müssen Herrn Sternburg persönlich sprechen.“

„Ach so.“ Teucherts Zustand verbesserte sich schlagartig, obwohl er keine Ahnung hatte, was die beiden von Sternburg wollten. „Darf ich Ihnen einen Kaffee anbieten?“ fragte Teuchert.

„Gerne.“

„Gesine, bringen Sie uns doch bitte drei Kaffee.“ Dann wandte er sich wieder an die Kriminalisten. „Steht Ihr Besuch im Zusammenhang mit unserem Unternehmen? Dann sollten Sie mich schon informieren. Ich bin die rechte Hand des Chefs.“

„Es hat nichts mit der Firma zu tun. Es geht um einen Todesfall in Refrath. Die Zeitungen haben darüber berichtet.“

„Ich hab’s gelesen, wenn es um diese Frau . . .“ Er zögerte.

„Van Denbroek“, half ihm Kascheck weiter.

„Genau, van Denbroek. Meinen Sie, es war Mord? Und wenn ja, haben Sie schon einen Verdacht?"

„Es gibt Erkenntnisse", antwortete Kascheck.

„Und deshalb sind Sie hier?"

„Herr Teuchert, Sie könnten bei der Polizei anfangen. Denn eigentlich sind wir es, die Fragen stellen. Um es kurz zu machen: Herr Sternburg kannte das Opfer. Wissen Sie zufällig, wo Herr Sternburg den letzten Freitag verbracht hat?"

„Gewiß, teilweise in der Firma. Über Termine kann Ihnen Frau Maus nähere Auskünfte geben. Sie glauben doch nicht etwa, daß Herr Sternburg . . ." Er brachte den Satz nicht zu Ende, denn in diesem Augenblick trat Franz Sternburg ein.

„Herr Kascheck, das ist ja eine Überraschung. Kommen Sie, gehen wir in mein Büro."

Ein Mahagonischreibtisch, ein Ledersessel sowie ein kleiner Besprechungstisch mit Stühlen verloren sich in dem riesigen Raum.

„Setzen Sie sich doch." Sternburg deutete mit der Hand in Richtung Besprechungstisch. Kascheck und Morsch nahmen Platz. Erst dann setzte sich Franz Sternburg zu ihnen. „Nun, womit kann ich Ihnen heute dienen?" fragte er.

Gerd Kascheck öffnete den Reißverschluß seiner Ledermappe. Wortlos entnahm er ihr ein rotes Blatt und legte es sachte vor Franz Sternburg auf den Tisch.

„Soll ich das lesen?" fragte Sternburg verunsichert und blickte von einem zum anderen. Kascheck nickte nur, während Sternburg seine Lesebrille aufsetzte. „Haftbefehl", las Sternburg das erste Wort laut, aber dann versagte ihm die Stimme, während seine Augen die Zeilen weiter entlangwanderten.

Kascheck beobachtete Sternburg genau. Jede seiner Bewegungen konnte aufschlußreich sein.

„Das ist absurd. Hochgradig absurd. Sie sind ja alle nicht ganz bei Troste! Oder Sie scherzen", rief Sternburg erregt.

„Kein Scherz, Herr Sternburg. Ein von Dr. Justin, dem zuständigen Haftrichter ausgestellter Haftbefehl“, stellte Kascheck mit sachlicher Stimme und emotionslos klar.
„Sie wollen mich doch nicht etwa festnehmen?“
„Wir müssen, Herr Sternburg, wir müssen.“
„Welchen Grund soll ich gehabt haben, Verena zu töten? Das ist doch völliger Blödsinn!“ Sternburg sprang von seinem Stuhl auf.
„Wo waren Sie letzten Freitag?“ Kaschecks Stimme war kalt und schneidend.
„Hier im Büro und zu Hause.“
„Wer kann das bezeugen?“
„Meine Frau und meine Sekretärin.“
„Lückenlos?“
„Natürlich nicht lückenlos“, antwortete Sternburg aufgebracht. „Aufs Klo bin ich allein gegangen! Haben Sie etwa Zeugen, die lückenlos Ihre Aufenthaltsorte benennen können?“
„Ich, Herr Sternburg, stehe nicht unter Mordverdacht. Wann haben Sie Verena van Denbroek zuletzt gesehen?“
„Letzte Woche. Ich weiß nicht mehr, welcher Tag es war. Wir haben in Bensberg ein Café aufgesucht.“
„Hatten Sie Streit?“
„Nein.“
„Gab es Unstimmigkeiten zwischen Ihnen?“
„Nein.“
„Herr Sternburg, wir haben im Haus der Verstorbenen einen Brief gefunden. Aus dem geht deutlich hervor, daß Ihr Verhältnis zu Frau van Denbroek, na, sagen wir mal vorsichtig, getrübt war.“
„Mein Verhältnis zu ihr getrübt? Nein. Umgekehrt.“
„Das müssen Sie uns erklären, Herr Sternburg!“
„Sie hatte mich mit einer anderen Frau bei einer Veranstaltung gesehen. Ich bin Geschäftsmann. Zu meinem Berufsleben gehören vielfältige Kontakte. Ich habe es nicht verstanden, warum Verena plötzlich diese Eifersucht zeigte. Sie sagte, sie wolle Schluß mit mir machen. Überhaupt war sie plötzlich so komisch. So kühl und berechnend.“

„Hat Sie Ihnen gedroht, Ihre Frau über Ihr Doppelleben aufzuklären?“
„Lassen Sie meine Frau aus dem Spiel. Sie hat mit der Sache nichts zu tun.“
„Herr Sternburg, beantworten Sie meine Fragen. Sie schlafen mit einer einsamen Witwe, die Sie mit einer anderen Frau bei einer privaten Veranstaltung beobachtet. Es liegt auf der Hand, daß sie eifersüchtig wird. Sie will sich rächen und droht, sich Ihrer Frau Friederike mitzuteilen. War es so?“
„Nein“, antwortete Sternburg. „Sie wollte nur unser Verhältnis beenden. Friederike wurde gar nicht erwähnt. Verena war doch eine Frau mit Format. Sie würde sich auf ein solches Niveau nicht begeben.“
„In dem Brief, den wir in Frau van Denbroeks Wohnung gefunden haben, klingt das aber ganz anders. Der ist an Sie adressiert und wurde nicht abgeschickt.“ Umständlich suchte Kascheck in seiner Ledermappe. Franz Sternburg nutzte die kleine Pause, zog sich den Schlips ein Stück herunter und öffnete den obersten Hemdknopf. Gerd Kascheck hatte gefunden, was er suchte. Er faltete das Blatt Papier auseinander und las vor, was darauf geschrieben stand. Mit Genuß beobachtete er dabei, wie Sternburg unruhig auf seinem Stuhl hin und her rutschte. „Herr Sternburg, da steht es schwarz auf weiß. Frau van Denbroek hat Ihnen gedroht. Und womit konnte sie Ihnen drohen? Es ist für jedermann nachvollziehbar, daß Sie Angst um Ihre Existenz bekamen. Sie sahen keinen anderen Ausweg, als Verena zu töten!“
„Völliger Blödsinn. Wenn ich jedes Problem so lösen würde, wie Ihre Phantasie sich das vorstellt, dann müßten Sie jetzt einen Massenmörder vor sich haben. Nein, Herr Kascheck, da liegen Sie völlig schief.“
„Das müssen Sie jetzt dem Richter glaubhaft machen“, erklärte Kascheck ruhig. „Sie sind jetzt erstmal festgenommen. Wenn Sie möchten, können Sie eine Person Ihres Vertrauens von Ihrer Festnahme benachrichtigen.“

32

Im Büro der Kripo erwartete Barbara Reuter die beiden. „Gerd, der Obduktionsbericht ist da. Die Gerichtsmediziner schreiben, daß das Drosselwerkzeug breiter gewesen sein muß. Durchmesser etwa anderthalb Zentimeter. Also nicht die Wäscheleine, an der sie hing."

„Ungewöhnlich breit, Barbara, findest du nicht? Klingt nach Schiffstau."

„Wir sollten noch mal in die Villa", schlug Barbara Reuter vor. „Vielleicht finden wir dort so ein Seil. Übrigens, ein Sexualdelikt schließen sie aus."

„Das wundert mich nicht. Sternburg würde uns die Arbeit wirklich erleichtern, wenn er ein Geständnis ablegen würde", brummte Kascheck. Etwas aufgeräumter setzte er hinzu: „Ich habe übrigens einen Stapel Post aus Köln erhalten. Ein Brief von Evers ist dabei. Jetzt habe ich es schriftlich: Ich bin offiziell zum Leiter dieser Mordkommission ernannt worden. Jetzt sitze ich auf einer Planstelle, die höher dotiert ist."

„Gratuliere!"

„Da ist nichts zu gratulieren, Barbara. Ich bin ja nicht befördert worden. Die Verfügung von Evers sagt eben nur aus, daß meine jetzige Funktion besser bezahlt werden könnte. Könnte, nicht wird. Das ist ein Unterschied. Leider."

„Nicht zufrieden?"

„Wie soll ich. Man stellt mir eine Beförderung in Aussicht, ohne zu sagen, wann und unter welchen Voraussetzungen ich sie erhalten werde. Jetzt erwarten die hohen Herren, daß ich einen Kniefall mache und die unliebsamen Sonderaufträge für sie erledige. Wenn ich Pech habe, kann sich das so über Jahre hinziehen."

„Und wenn du diese Sonderaufgaben ablehnst?" fragte sie.

„Dann hat sich was mit der Beförderung. Nicht belastbar, heißt es dann. Und man befördert andere, die das Spiel mitgemacht haben. Wegen der größeren Verwendungsbreite."
„Also eine typische Zwickmühlensituation."
„Genau das. Jetzt aber genug davon. Wir haben eine Menge zu tun. Dafür werden wir schließlich bezahlt, wie unzureichend auch immer. Was also gibt es noch Neues?"
„Der Spurensicherungsbericht von Wenig und Kosanke. Auf der Kleidung der Leiche wurde eine hohe Konzentration von blauen Schurwollfasern festgestellt. Dieselbe Faser haben sie auch im Wohnzimmer und im Weinkeller gefunden."
„Na, das ist doch was!"
„Diese Faserspuren müssen doch nicht vom Mörder stammen", erwiderte Barbara Reuter.
„Wer weiß. Haben wir nicht in dem Knoten der Wäscheleine auch diese blauen Fasern gehabt? Da müßte schon viel zusammenkommen, wenn da kein Zusammenhang besteht."

33

Der alte Fertgen saß in seinem braun-karierten Tweed-Jackett kerzengerade hinter seinem Schreibtisch, als ob das Alter ihm nichts anhaben könnte. Der Windsor-Knoten seiner dunkelroten Krawatte war trotz der sommerlichen Temperaturen straff gebunden. In dem nur von wenigen Falten durchzogenen Gesicht fixierten zwei stahlblaue Augen Teuchert, der vor dem Schreibtisch stehengeblieben war. Teuchert spürte, wie die Spannkraft des Alten den ganzen Raum erfüllte.

„Gut, daß Sie gleich gekommen sind."

„Das ist doch selbstverständlich, Chef." Er hatte den alten Fertgen noch nie anders angesprochen. Für alle war und blieb Fertgen der „Chef", auch als Sternburg neben ihm auf die Kommandobrücke getreten war.

„Setzen Sie sich." Fertgen machte eine Pause, als suche er nach den passenden Worten. Er war, trotz aller Härte, mit der er im Geschäftsleben auftreten konnte, im Kern ein gefühlsbetonter Mensch. „Die Ereignisse der letzten Tage haben viel Staub aufgewirbelt. Wir wissen nicht, was uns noch bevorsteht. Wichtig ist jetzt vor allem, daß die Firma keinen Schaden nimmt. Kann ich weiter auf Sie zählen, Teuchert?"

„Selbstverständlich Chef."

„Danke. Aber ich hatte auch keine andere Antwort erwartet." Trotzdem schwang in Fertgens Stimme Erleichterung mit. „Es ist jetzt vor allem wichtig, daß wir nach außen Ruhe und Sicherheit vermitteln."

„Auch nach innen, Chef", fügte Teuchert hinzu.

„Ja, auch nach innen. Sie haben recht. Es wird viel geredet, was?"

„Na ja, schon, aber das ist ja auch nicht verwunderlich."

„Sorgen Sie dafür, Teuchert, daß die Leute arbeiten. Gehen Sie herum im Haus, in jedes Zimmer, zeigen Sie Führung. Wir können es uns nicht leisten, die Zeit zu verplempern."

„Führung?" Teuchert tat, als ob er Fertgens Offerte nicht verstanden hätte.

„Ja, Führung. Der Mann meiner Tochter ist, nun ja, er ist verhindert, seinen Pflichten nachzukommen. Ich weiß sehr gut, Teuchert, daß Sie unermüdlich Sternburg zugearbeitet haben und daß vieles ohne Ihren Einsatz nicht zustande gekommen wäre. Ich möchte, daß Sie den Platz von Sternburg einnehmen."

„Und wenn Herr Sternburg zurückkommt, Chef?"

Fertgen lehnte sich zurück und sah zur Decke. Er dachte einen Augenblick nach. Dann sagte er langsam: „Niemand weiß, ob an den ungeheuerlichen Vorwürfen der Polizei wirklich etwas dran ist. Das müssen wir alle abwarten. Aber ganz gleich, wie das ausgeht, ich glaube nicht, daß Sternburg je wieder in einem Büro hier im Hause Platz nehmen wird, Teuchert."

Teuchert ließ sich nicht anmerken, welche Befriedigung ihm diese Worte verschafften. Er schaute unschlüssig.

„Was wollen Sie, Teuchert? Ich mache Sie zum Chef und Sie zögern? Trauen Sie es sich nicht zu?"

Teuchert ließ sich Zeit. Für ihn kam es jetzt darauf an, die Karten, die ihm das Schicksal auf die Hand gegeben hatte, richtig auszuspielen. „Doch, Chef, natürlich traue ich mir das zu. Auch weiß ich das Vertrauen, das Sie in mich setzen, zu würdigen."

„Aha. Na, das ist doch immerhin etwas. Aber?" Fertgens Blick hatte jetzt etwas Lauerndes. Jetzt war er ganz Geschäftsmann. Einer, der nur das gibt, was zu geben unvermeidbar ist.

Teuchert räusperte sich. „Seit ich hier bin, Chef, habe ich mich voll und ganz für die Firma eingesetzt, habe geackert und gewühlt, habe Mädchen für alles und Feuerwehr gespielt, habe entwickelt und verhandelt. Ich glaube, in den letzten acht Jahren hat es keinen wichtigen Vorgang gegeben, an dem ich nicht maßgeblich beteiligt war. Sie wissen das, Chef."

„Ja, Teuchert, das weiß ich. Unbestritten. Deshalb will ich ja auch, daß Sie jetzt mehr Verantwortung übernehmen. Weil ich weiß, daß Sie das können."
Teuchert fuhr unbeirrt fort: „Dann tauchte Herr Sternburg auf. Statt der zweiten Geige spielte ich nur die dritte, und zudem mußte ich noch die Instrumente schleppen, wenn Konzert war."
„Genau das soll ja jetzt anders werden, Teuchert."
„Wie lange, Chef, mit Verlaub, wie lange werden Sie noch in der Firma sein? Ein Jahr? Zwei Jahre? Oder nur noch zwei Monate? Was erwartet mich, wenn Sie nicht mehr da sind?" Teuchert machte eine Pause.
„Worauf wollen Sie hinaus?"
„Auf Ihr Wort, Chef, kann ich vertrauen. Wer aber kommt nach Ihnen?"
„Das ist es. Gut, Sie bekommen selbstverständlich einen entsprechenden Vertrag, Teuchert. Das ist doch klar."
„Ein Vertrag, Chef, das wissen Sie doch besser als ich, ist nur so gut, wie die Leute, die dahinterstehen." Teuchert schlug die Augen leicht nieder, gerade so viel, daß er Fertgens Gesicht noch schwach erkennen konnte.
Fertgen atmete tief durch. „Also wollen Sie uns doch verlassen."
„Nein, Chef, eigentlich nicht. Es kommt darauf an."
„Worauf?"
„Wie sicher wir meine Position machen können."
„Und wie stellen Sie sich das vor?"
Teuchert wußte, daß er jetzt sagen mußte, was er schon immer angestrebt und nicht mehr zu erreichen geglaubt hatte. Jetzt war er diesem Ziel plötzlich greifbar nah. Dafür war er auch bereit, die Verwirklichung seines Lebenstraums noch etwas hinauszuschieben. Wenn alles glatt ging, konnte er sich dann noch viel mehr leisten.
„Chef, Sie wollen, daß die Firma in Ihrem Sinne weitergeführt wird. Sie sagen, daß ich Führung zeigen und Verantwortung übernehmen soll. Warum sollte ich nicht auch Teilhaber sein?"

Jetzt war es raus. Teuchert beobachtete Fertgen gespannt.

„Teilhaber.“ Fertgen verzog keine Miene. „Teilhaber. Hm. Ein interessanter Gedanke, Teuchert. Was würden Sie denn außer Ihrer Arbeitskraft noch einbringen wollen für eine Teilhaberschaft?“

„Mein Patent“, erwiderte Teuchert. Er hatte seine Erfindung damals auf keinen Fall verkaufen wollen. Statt dessen hatte er eingewilligt, es von der Fertgen-Chemie nutzen zu lassen. Widerruflich, bis zu seinem Ausscheiden aus der Firma. Es war eine komplizierte Vertragskonstruktion gebastelt worden mit vielen Klauseln, die die Interessen beider Vertragspartner wahren sollte. Für Teuchert war es wichtig gewesen, seinen Arbeitsplatz zu sichern und seinem Einfluß ein stabileres Fundament zu geben. Doch je geringer mit zunehmendem Alter und der Entwicklung auf dem Arbeitsmarkt seine Möglichkeit wurde, zu einem Konkurrenten zu wechseln, desto mehr stellte sich die anfänglich vorteilhafte Vertragskonstruktion für ihn als Hemmschuh heraus. Das wußte Fertgen sicher auch. Andererseits konnte auch er nicht verkennen, daß dieses Patent für die Fertgen-Chemie immer noch von Wert war.

„Aber das nutzen wir doch bereits“, sagte Fertgen. Als er merkte, daß sich Teucherts Miene verfinsterte, fügte er schnell und besänftigend hinzu: „Aber natürlich hat es seinen Wert für die Firma, ohne Zweifel. Trotzdem denke ich nicht, daß das Patent allein reicht. Wenn Sie sich überlegen, welche Größenordnung unsere Umsätze haben – nein, mein lieber Teuchert, da muß schon noch Butter bei die Fische, wenigstens Margarine.“

„Das heißt im Klartext?“ fragte Teuchert.

„Also, wenn wir überhaupt von einer Teilhaberschaft sprechen wollen, dann, denke ich, dann müssen Sie, na, ich denke, so zwei Millionen müssen Sie da noch zuschießen.“

Teuchert wurde heiß. Das war erheblich mehr, als er gedacht hatte. „Zwei Millionen plus Patent?“

„Das ist in etwa meine Vorstellung.“

„Und wieviel Prozent Anteile?"
Fertgen blickte ihn irritiert an. „So viel, wie Ihr Anteil wert ist."
Teuchert hatte nur eine vage Vorstellung davon, wieviel das tatsächlich war. Die Fertgen-Chemie war ein Familienunternehmen ohne den Zwang, die Bilanzen offenzulegen. Der alte Fertgen hatte es verstanden, alles so gut abzuschotten, daß außer ihm selbst wohl nur noch Breuer die Gesamtfinanzen kannte. Und von dem war nie auch nur das geringste darüber zu erfahren.
„Genau kann ich das jetzt auch nicht sagen", fuhr Fertgen fort, „aber wenn es soweit ist, muß es ja ohnehin schriftlich festgehalten werden. Spätestens dann werden Sie es ja erfahren. Haben Sie überhaupt so viel Geld?"
Teuchert spürte, daß er gegen den Alten nicht ankam. Auf was ließ er sich da ein? Andererseits, wenn er jetzt zurückzog, konnte er den Einstieg bei Fertgen für immer vergessen. „Ich werde es schon aufbringen, Chef, machen Sie sich da mal keine Sorgen."
„Na, na, das will ich erst mal sehen, bevor wir weiterreden. Lassen Sie es mich innerhalb der nächsten vierzehn Tage wissen."
Damit war Teuchert entlassen. Als er schon in der Tür stand, hörte er noch einmal Fertgens Stimme. „Ach, Teuchert, übrigens, nehmen Sie sich Sternburgs Zimmer."

34

Franz Sternburg wälzte sich auf dem schmalen und harten Bett unruhig hin und her. Das Neonlicht der Außenbeleuchtung tauchte den kleinen, kahlen Raum in ein mattes, gelbweißes Licht und warf die Gitterstäbe vor dem kleinen, vorhanglosen Fenster seiner Zelle als Schatten in gespenstischer Größe auf die gegenüberliegende, gelbgetünchte Wand. Ein großer, schmutziggrauer Fleck zwischen zwei Schattenstreben erinnerte ihn an Luthers berühmten Tintenklecks in der Wartburg. An allen Wänden war die Farbe rissig, bildete Blasen und blätterte ab. Unzählige Reste von zerquetschten Mücken und Motten zeugten davon, daß die Vorbewohner dieses Etablissements die Einsamkeit der Gesellschaft solcher Lebewesen vorgezogen hatten. Aus der Toilette, die neben der Tür installiert und von dieser nur durch einen brusthohen Sichtschutz aus grau gestrichenem Preßspan getrennt war, drang Fäkalgeruch und vermischte sich mit der muffigen Luft des Raumes, der seit Jahrzehnten Ausdünstungen der verschiedensten Art aufgenommen und nie durch kräftige Zugluft hatte abgeben können.

Sternburg stand auf und betätigte die Wasserspülung. Dann öffnete er das kleine Fenster, schloß es aber recht bald wieder und kroch zurück unter die beiden schweren Filzdecken mit dem blauweiß-karierten Bettbezug. Obwohl er die Beine anzog und sie mit den Händen massierte, wurde ihm nicht warm.

Welcher Wochentag war heute? Mittwoch? Oder war schon Donnerstag? Oder war erst Dienstag? In der Eintönigkeit des Tagesablaufs hatte er jeden Bezug zur Zeit verloren. Unter den Dingen, die man ihm abgenommen hatte, war auch sein Kalender gewesen.

„Wir müssen die Eintragungen prüfen", hatte dieser Kascheck ihm gesagt, „dann werden Sie ihn zurückbekommen." Wann das sein würde, das hatte er nicht gesagt. Seine Uhr hatte man ihm gelassen. Es war kurz vor fünf. In einer Stunde würde das Frühstück kommen. Er drehte sich auf die Seite und wäre dabei fast von der Pritsche gefallen, die nicht breiter als siebzig Zentimeter sein mochte. Sein Rücken schmerzte. Die nur wenige Zentimeter starke Matratze polsterte seinen Körper kaum gegen das Sperrholzbrett, das auf dem Metallrahmen festgeschraubt war.

Sternburg schreckte hoch. Er war tatsächlich noch einmal eingeschlafen. Der Schlüssel knirschte im Schloß. Mit einem Klack-Klack wurden die beiden Sicherungsriegel zurückgeschoben. Die schwere Tür ging auf. „Frühstück!" Er hatte keinen Hunger. Aber wenn er sich jetzt nichts holte, bekam er erst gegen zwölf zum Mittagessen wieder etwas. Er quälte sich hoch und ging zur Tür. Seine Haare waren verwühlt und verschwitzt und gaben ihm in seinem seidenen Schlafanzug ein abenteuerliches Aussehen. Als er die Tasse mit dem Ersatzkaffee und den Teller mit drei Scheiben Brot und zwei Scheiben Wurst, Billigmargarine und etwas Marmelade auf dem kleinen Tisch abstellte, hörte er, wie hinter seinem Rücken die Tür verschlossen wurde und der Essenwagen auf dem Gang weiterholperte. Er war wieder allein.

Sternburg spürte, wie ihm übel wurde. Er schaffte es gerade noch bis zur Schüssel, bevor sich sein Magen nach außen stülpte.

35

Als das Tor nachgab, wäre Teuchert fast gestürzt. Er hatte sich dagegen gelehnt, die Kiste mit dem angewinkelten Bein abgestützt, und darauf gewartet, aus der Sprechanlage Friederikes Stimme zu hören. Statt dessen hatte sie den elektrischen Türöffner betätigt. Nur mit Mühe konnte er verhindern, daß Sternburgs persönliche Sachen auf den Marmorplatten des Fußwegs zum Haus landeten. In seinem Rücken hörte er ihr helles Lachen.

„Mit der Tür müssen Sie nicht gleich ins Haus fallen, Herr Teuchert."

Friederike hatte sein telefonisches Angebot sofort dankbar angenommen. Offensichtlich tat ihr jede Abwechslung gut.

„Ich, ja, natürlich", stotterte Teuchert. Er hatte sich umgedreht und hielt die Kiste jetzt mit beiden Händen vor sich hin. Friederike Sternburg stand immer noch in der Tür. Sie lachte nicht mehr. Ihr cremefarbenes Poloshirt und das kalte Licht der Außenbeleuchtung machten ihr Gesicht noch blasser, als es wahrscheinlich war. Etwas Rouge würde ihr guttun, dachte Teuchert und ging langsam auf sie zu.

„Vielen Dank, daß Sie sich selbst herbemühen. Ich weiß das zu schätzen. Kommen Sie doch bitte herein."

Teuchert folgte ihr in den großen Flur. Durch ein großes Dachfenster im ersten Stock fiel Sonnenlicht auf einen schweren Bidjarteppich. Gegenüber der Buchentreppe, die sich ausladend nach oben schwang, stand eine alte Eichentruhe. Teucherts Blick blieb auf der Niederrheinszene aus dem achtzehnten Jahrhundert haften, die einer der alten Meister in Öl festgehalten hatte. Für einen Augenblick nur, denn Friederike hatte bereits die erste Tür auf der linken Seite geöffnet. Ein moderner, protziger Schreibtisch und eine eingebaute Bücherwand dahinter verrieten, daß dies Sternburgs Arbeitszimmer

war. Wofür er das wohl gebraucht hat, schoß es Teuchert durch den Kopf.
„Wenn Sie die Kiste hier abstellen wollen“, sagte sie und zeigte auf den Boden. Teuchert war froh, das Ding endlich los zu sein und die Hände wieder frei zu haben.
„Nochmals vielen Dank. Darf ich Ihnen etwas anbieten? Einen trockenen Sherry? Cognac? Whisky?“ Während sie fragte, musterten ihre rehbraunen Augen Teuchert. „Wollen wir uns nicht für einen Augenblick setzen? Oder müssen Sie gleich wieder los?“
„Es ist mir ein Vergnügen, Ihnen ein wenig Gesellschaft leisten zu dürfen, Frau Sternburg. Und zu einem Sherry sage ich auch nicht nein.“
Sie gingen durch den Flur ins Wohnzimmer. Teuchert nahm in einem Ledersessel vor dem Kamin aus Natursteinen Platz, während Friederike Sternburg aus einer Kristallkaraffe, die auf dem Sideboard stand, zwei geschliffene Gläser mit Sherry füllte. Teuchert wußte nicht recht, wie er das Gespräch beginnen sollte. Er wartete, bis Friederike sich ihm gegenüber gesetzt hatte.
„Sie haben in den letzten Tagen viel durchgemacht, Frau Sternburg. Es tut mir sehr leid. Vielleicht ist ja alles ein Irrtum. Wenn ich Ihnen irgendwie helfen kann?“ Er machte eine kleine Pause und setzte dann hinzu: „Ich tue es gerne.“
„Danke, Herr Teuchert. Das ist sehr nett von Ihnen. Es ist alles so verwirrend für mich.“
Für einen Augenblick schwiegen beide.
„Mit meinem Vater kann ich darüber kaum reden. Er sagt, er hat es schon immer geahnt, daß Franz mir und der Firma nur Unglück bringen würde. Er war von Anfang an gegen Franz gewesen. Er hat leider recht gehabt. Ich hätte auf ihn hören sollen.“ Sie wischte sich mit der Hand über die Augen.
Teuchert hätte sie jetzt gerne in den Arm genommen. Aber er wußte, daß es besser war, dieser Regung nicht nachzugeben. Noch nicht. „Vielleicht haben Sie nur deshalb nicht auf ihn

gehört, weil sie frei entscheiden wollten. Manchmal ist es ja so, daß man durch eine strikte Haltung genau zu dem Gegenteil dessen gedrängt wird, was man unbeeinflußt machen würde. Ihr Vater ist eine große Persönlichkeit, ein starker Charakter mit einem dominierenden Wesen. Da ist es schwer, sich freizuschwimmen."

Friederike Sternburg trank ihr Glas mit einem Schluck leer. „Was soll ich jetzt nur machen, als Frau eines Mörders?" Sie schaute ihn ratlos an.

„Ich fürchte, Sie können im Augenblick in der Sache selbst nur abwarten. Aber Sie sollten auf keinen Fall den ganzen Tag hier herumsitzen. Sie müssen etwas tun, was Sie auf andere Gedanken bringt."

„Und was? Ich fühle mich so entsetzlich leer." Tränen rannen über ihr Gesicht. „Entschuldigen Sie."

Teuchert reichte ihr ein Taschentuch. Er wartete, bis sie ihn wieder anblickte. „Was halten Sie davon, wenn ich Sie morgen Mittag abhole und wir einen Ausflug machen? Das Wetter ist doch phantastisch zur Zeit. Genau richtig, um durchs Bergische zu spazieren. Frische Luft tut Ihnen bestimmt gut. Hinterher könnten wir irgendwo eine Kleinigkeit essen. Und dann sehen wir uns einen lustigen Film an. Das bringt Sie bestimmt auf andere Gedanken."

Als Teuchert sah, wie sich Friederikes Miene leicht aufhellte, wußte er, daß er genau den richtigen Ton getroffen hatte.

„Ich glaube, Sie haben recht. Das würde mir bestimmt guttun. Aber nur, wenn ich Ihnen keine zu große Last bin."

„Eine Last? Frau Sternburg, nichts weniger als das. Sie machen mir eine große Freude, wenn Sie meine Einladung annehmen. Wäre Ihnen drei Uhr recht? Ja? Wunderbar. Dann hole ich Sie morgen pünktlich hier ab."

Teuchert winkte Friederike zu, als er den Wagen startete. Friederike stand in der Tür und winkte zaghaft zurück.

36

Er hatte den Weg über die Pferdekoppel gewählt und näherte sich der van Denbroekschen Villa von der Rückseite. Dicke Wolken hatten sich vor den Mond geschoben. Die völlige Dunkelheit begünstigte sein Vorhaben, auch wenn er sich an einem aus dem Boden ragenden Grenzstein fast den Fuß gebrochen hätte. Ringsum war alles still. Eine ordentliche Gegend, in der alle früh schlafen gehen, dachte er. Der mannshohe Maschendrahtzaun war kein ernstzunehmendes Hindernis für ihn. Eher schon die dichte Berberitzenhecke dahinter, die nur darauf zu warten schien, unerwünschte Eindringlinge zu zerkratzen. Als er sich dem Haus auf etwa zehn Meter genähert hatte, leuchtete eine Lampe auf und tauchte diesen Teil des Gartens in grelles Licht. Eine kleine Verdickung an ihrem Sockel verriet ihm, daß der Bewegungsmelder angesprochen hatte und keine unmittelbare Gefahr drohte. Die Sträucher und Bäume am Rande des Grundstücks waren so hoch und dicht, daß ein Einblick von den Nachbarhäusern aus so gut wie unmöglich war. Trotzdem wartete er einen Augenblick. Als sich nichts rührte, schlich er weiter auf die Villa zu.

Es gelang ihm nicht, den Glasschneider aus der Hosentasche zu nesteln. Ärgerlich streifte er die Handschuhe ab, um mit der Hand in die Tasche zu kommen. Er stand jetzt direkt neben der Terrassentür und wollte seinen Augen nicht trauen. Der Griff der Doppelglastür stand nach oben. Sollte die Tür wirklich offen sein? Entschlossen streckte er die rechte Hand aus. Sie gab seinem Druck nach. Einen Moment lang war er unschlüssig. Eine Falle? Kaum, dazu war das zu offensichtlich. Wahrscheinlich hatten die Bullen in dem ganzen Trubel einfach vergessen, die Tür richtig zu schließen. Das machte die Sache für ihn natürlich leichter. Er glitt hinein, drückte die Tür hinter sich zu und verharrte einen Augenblick. Kein Laut war zu hören.

Der Lichtkegel seiner Taschenlampe wanderte von einer ledernen Couchgarnitur über ein gutgefülltes Bücherregal. An einem Sekretär im altdeutschen Stil neben dem Schreibtisch ließ er ihn stehen. Er begann, systematisch zu suchen. Mit der Privatkorrespondenz hielt er sich nicht auf, obwohl ihn die unter anderen Bedingungen sehr wohl interessiert hätte. Aber was er suchte, fand er weder im Sekretär noch in den Schreibtischschubladen noch unter der Glasplatte auf dem Schreibtisch. Er ging zum Bücherschrank, nahm jedes Buch heraus, drehte es um und schüttelte es. Außer zwei Lesezeichen, die er sorgfältig wieder zurücksteckte, fiel nichts heraus. Als er auch im Schlafzimmer im ersten Stock nicht fündig geworden war, gab er auf. „Wahrscheinlich gibt es überhaupt kein Papier mit einem Hinweis auf mich", dachte er. „Immerhin, jetzt habe ich Gewißheit." Er ließ die Taschenlampe noch einmal kreisen, fand, daß er alles so verlassen hatte, wie es vorher war, und verschwand, wie er gekommen war.

Ohne Zwischenfall gelangte er über die Wiese bis zum Buchenkampsweg, dann entlang den Straßenbahnschienen zum Park-and-ride-Platz der Haltestelle Lustheide, wo er seinen Wagen abgestellt hatte. Sekunden später rollte er niedrigtourig davon. Erst in der Dolmanstraße ging er wieder auf normale Geschwindigkeit.

37

„Kiiwiek, kiiwiek." Der Ruf des Waldkauzes durchbrach die vor der Morgendämmerung liegende Stille. Dann war es wieder ruhig, nur hier und da war das Knacken trockener Äste zu vernehmen. Wahrscheinlich Rotwild auf dem Weg zur Tränke in der Talsohle, dachte Ulrich Schwartz.

Von Zeit zu Zeit hatte er das Bedürfnis, den Übergang von der Nacht zum Tag im Freien zu erleben. Für ihn, dessen Beruf ihn ständig mit dem Ende des Lebens konfrontierte, symbolisierte jeder beginnende Tag den Beginn neuen Lebens. Wenn der Wald erwachte, die Vögel das langsam aufkommende Licht begrüßten und ihre fröhlichen Lieder trällerten, die Dunkelheit in Halbschatten überging und sich dann in der steigenden Sonne ganz auflöste, fühlte er, wie Lebensenergie sein Inneres füllte und seelische Belastungen von ihm abfielen. Er liebte dieses Tal der Strunde zwischen dem östlichen Ortsausgang von Bergisch Gladbach und der kleinen Gemeinde Herrenstrunden, wo das auf den Hängen niedergegangene Regenwasser sich in dem durchklufteten Kalkuntergrund sammelte und in einer kleinen Mulde in großen Mengen an die Oberfläche sprudelte. Deutschlands fleißigsten Bach hatte man einst die Strunde genannt, als sie bis zu fünfzig Mühlen auf ihrem kurzen Lauf antrieb und damit die wesentliche Grundlage für die industrielle Entwicklung des Tales legte.

Ulrich Schwartz verließ den breiten Fahrweg talwärts, bahnte sich seinen Weg durch brusthohes Farn, wich vorsichtig dem stachligen Ilex aus und gelangte wenig später an eine kleine Lichtung. Dort hatte sich im letzten Herbst der Sturm besonders verfangen und zahlreiche Fichten wie Streichhölzer umgeknickt. Selbst einige Buchen hatten der Windgewalt nicht standhalten können. Die Waldarbeiter waren bis hierher mit ihren Aufräumarbeiten noch nicht vorgedrungen, so daß dieses Stückchen Erde ein Bild urwüchsiger Natur vermittelte. Schwartz ließ sich auf einem der Baumstämme nieder. Vielleicht hatte er Glück und bekam den Zehnender zu Gesicht, der angeblich seit einigen Wochen hier wechseln sollte. Er zwang sich, nicht an Verena van Denbroek zu denken, nicht an die Leichenhalle und die Obduktion. Die ganze Nacht hatte er nicht schlafen können, weil seine Gedanken immer nur um dieses Thema gekreist waren, ohne daß ihn das auch nur einen Schritt weitergebracht hätte. Dann war er aufgestanden und hatte beschlossen, hier heraus zu kommen. Er hatte seinen Beitrag geleistet, der Rest war jetzt Sache der Polizei. Er mußte seinen Kopf wieder freibekommen für seine geschäftlichen Aufgaben.

Mit der noch kühlen Luft sog er die tausend verschiedenen Düfte des Waldes in sich ein. Durch die Stille hörte er aus der Senke das leise Plätschern der Strunde heraufklingen. Auch ein Motorengeräusch war von der Straße unten zu hören, wurde lauter und erstarb plötzlich. Dann schlug leise eine Autotür. „Wahrscheinlich genauso ein Frühaufsteher wie ich", dachte Schwartz. Wenig später signalisierte ihm lautes Flügelklatschen aufsteigender Ringeltauben, daß der Unbekannte sich näherte. Instinktiv machte Schwartz sich hinter dem gewaltigen Storchschnabelfarn kleiner, um nicht gesehen zu werden. Jetzt hörte er leise Schritte. Aus der Tatsache, daß keiner der zahlreichen auf dem Waldboden herumliegenden Zweige knackte, schloß Schwartz, daß hier jemand mit äußerster Vorsicht darauf bedacht war, kein Geräusch zu verursachen. Jäger, das wußte er, kommen nicht erst zur Zeit der Dämmerung, sondern früher, bleiben oft die ganze Nacht draußen. Die Schritte waren jetzt nicht mehr zu hören.

Schwartz wollte sich gerade erheben, als er Geräusche hörte, wie sie ihm vom Friedhof her vertraut waren. Kein Zweifel, da grub jemand. Langsam und mit äußerster Vorsicht streckte Schwartz seinen Oberkörper, um über den Farn hinwegsehen zu können. Etwa dreißig Meter von ihm entfernt konnte er im

Halbdunkel der Dämmerung zwischen den Baumstämmen einen Mann erkennen, der mit einem Spaten den Boden bearbeitete. Es mußte ein Klappspaten sein, denn der Stiel war sehr kurz und zwang seinen Besitzer, sich bei jedem Stoß und Hub tief niederzubeugen. Als er innehielt und sich sichernd umsah, zog Schwartz seinen Kopf ein. Er hielt auch die Luft an, obwohl auf diese Entfernung sein Atmen wahrscheinlich selbst dann nicht zu hören gewesen wäre, wenn er Asthma gehabt hätte.

Was mochte da vor sich gehen? Offenkundig, daß der Unbekannte nicht beobachtet werden wollte. Warum hätte er sich sonst diese Uhrzeit ausgesucht. Überhaupt, wer hatte außer Forstleuten schon im Wald zu graben? Schwartz war keine ängstliche Natur. Das konnte er sich schon bei seinem Beruf nicht leisten. Aber er war besonnen und gerade angesichts der jüngsten Ereignisse nicht gewillt, sich irgendeinem Risiko auszusetzen. Als er ganz vorsichtig wieder über den Farn hinweglugte, sah er gerade noch, wie der Unbekannte ein kleines Paket in eine Tragetasche stopfte. Dann schippte er zügig die Erde wieder in die Mulde, klopfte sie mit dem Blatt des Spatens fest und warf einige Blätter und Zweige auf die Stelle. Dann entfernte er sich rasch in die entgegengesetzte Richtung.

Schwartz blieb noch einen Augenblick regungslos in seiner Position. Es reizte ihn, den Grabeplatz selbst zu untersuchen. Sein Verstand sagte ihm aber, daß das Aufgabe der Polizei sei und er durch Übereifer nur Spuren verwischen konnte, die vielleicht von größter Bedeutung waren. Er ärgerte sich, daß er sein Handy nicht dabei hatte. Aber Lamentieren half jetzt nicht. Er mußte sich schnell klar darüber werden, wie er sich jetzt verhalten sollte.

Der Unbekannte mußte zu dem Wagen gehören, dessen Geräusch er vorher gehört hatte. Er war aus Richtung Gladbach gekommen. Wenn er wieder dorthin zurückfuhr, mußte er ihn unten an der Straße sehen können. Mit einer Behendigkeit, die man diesem kräftig gebauten Mann nicht zutrauen würde, stieg Schwartz den Hang in direkter Linie hinunter, sorgfältig darauf bedacht, trotz der Eile nicht auf am Boden liegende Äste zu treten und sich durch das Knacken des toten Holzes zu verraten. Er war schon fast an der Straße angelangt, als er das Anlassen des Motors hörte. Einige Schritte noch, dann duckte er sich im Farn nieder. Das Motorengeräusch wurde lauter. Glück gehabt, dachte er. Er bog die Wedel leicht beiseite und hatte eine gute Sicht auf die Fahrbahn.

Nur wenig später stand Schwartz, durchgeschwitzt und außer Atem, in seinem Arbeitszimmer.

„Natürlich weiß ich, wie spät, nein, äh, Entschuldigung, wie früh es ist, Frau Reuter. Sie werden gleich verstehen, warum ich mir erlaube, sie anzurufen. Und dann können Sie immer noch auf mich schimpfen. Wenn Sie es dann noch wollen."

38

Schwartz trat vor dem Terrassenhaus in der Rommerscheider Straße ungeduldig von einem Bein auf das andere. Diesmal hatte er darauf bestanden, sie abzuholen.
Barbara Reuter wirkte frisch und nicht im geringsten verschlafen. „Tut mir leid, ich mußte noch was erledigen. Ich hoffe, Sie haben nicht zu lange warten müssen."
„Nein, nein", schwindelte Schwartz höflich, „ich bin eben erst gekommen."
Schwartz nutzte die kurze Fahrzeit, um seine Beobachtungen präziser, als er das am Telefon getan hatte, zu schildern. Er stellte seinen Wagen in der Nähe der Stelle ab, wo der Unbekannte geparkt haben mußte. Aus dem Kofferraum holte er einen Spaten.
„Eine gute Idee", bemerkte seine Begleiterin, „oder haben Sie den immer dabei?"
Schwartz mußte lachen. „Sie denken wohl, in meinem Beruf gibt es ständig was zu buddeln. Keine Sorge, das gute Stück stammt aus unserem Geräteschuppen und hat außer einigen toten Mäusen noch keine Leichen gesehen."
Während sie durch das Unterholz gingen, war Barbara Reuter schweigsam. Sie achtete auf mögliche Spuren. Es dauerte nicht lange, dann hatten sie die Stelle erreicht. Vorsichtig hoben sie den Waldboden nochmals aus, was wegen der bereits aufgelockerten Erde kaum Mühe machte. Nach jedem Spatenstich schoben sie den feuchten Humus auseinander, um nichts zu übersehen. Mit dem vierten Spatenstich wurden sie fündig. Der Zipfel eines Hundertmarkscheins schaute aus dem kleinen Erdhaufen heraus.
„Schau an, ein Erddepot", sagte Barbara Reuter. Sie streifte sich einen Plastikhandschuh über, bevor sie den Schein ganz herauszog und in eine Spurensicherungstüte legte. Aber wei-

tere Beweise für ein Erddepot gab es nicht. Der Schein sollte ihr einziger Fund bleiben. Als sie auf gewachsenen Waldboden stießen, beendeten sie die morgendliche Aktion.
Schwartz brachte Barbara Reuter noch zu ihrem Dienstgebäude, bevor er sich verabschiedete. Er hätte gerne gewußt, wie es jetzt weiterging, vor allem, woher der Geldschein stammte. Aber schließlich hatte er ja noch anderes zu tun. Barbara Reuter versprach, ihn auf dem laufenden zu halten.

39

Im polizeilichen Informationssystem war die Nummer des Hunderters im Zusammenhang mit einem Überfall auf die Deutsche Bank in Bergisch Gladbach gespeichert.

„Volltreffer", dachte Barbara Reuter, „also, kein Eigenbrötler, der seine privaten Ersparnisse nicht einmal seinem Strickstrumpf anvertrauen wollte."

Jetzt galt es nur noch herauszufinden, wer der morgendliche Schaufelschwinger war. Glücklicherweise hatte Schwartz das Kennzeichen des Fahrzeugs ablesen können. Sie tippte die Buchstaben und Zahlen des Kennzeichens in den PC ein. Auf dem Bildschirm erschien der Name des Halters. Die zweite Überraschung an diesem noch jungen Tag.

„So schnell habe ich mit einem Ergebnis nicht gerechnet", sagte Gerd Kascheck, als ihn Barbara Reuter informierte. Ein kurzes Telefongespräch mit Schwartz konkretisierte den Tatverdacht. In vielen Einzelheiten beschrieb Schwartz den Mann, den er im Wald beobachtet hatte. Für Kascheck gab es jetzt keinen Zweifel mehr.

„Gute Arbeit, Barbara. Endlich ein Ermittlungsansatz in dieser Sache. Ich habe schon nicht mehr daran geglaubt. Aber ich kann mir, ehrlich gesagt, kaum vorstellen, daß dieser Teuchert tatsächlich Banken ausraubt. Vielleicht war er nur Auftraggeber, und irgendein ‚Tunichtgut' hat für ihn die Drecksarbeit übernommen. Wir werden es sehen."

„Was hast du vor?"

„Wenn wir ihn festnehmen, wird er alles leugnen. Den Überfall können wir ihm vielleicht nicht nachweisen, oder wir werden viel Mühe damit haben. Er wird sich irgendeine Ausrede einfallen lassen, warum er im Wald gegraben hat und wie seine Fingerabdrücke auf den Hunderter gekommen sind. Nein, wir müssen noch mehr wissen."

„Also Beschattung?“
„Ja, am besten rund um die Uhr.“
„Wer soll das denn machen? Unsere Minikommission hat mit dem Fall van Denbroek schon genug zu tun.“
„Mach dir deswegen keine Gedanken, Barbara. Köln ist eine Großbehörde. Da gibt es Spezialeinheiten. Die werden ein Observationsteam zusammenstellen und ihm auf den Fersen bleiben.“
„Das ist gut. Übrigens, mir kommt da gerade noch eine Idee. Vielleicht gibt es eine Verbindung zwischen dem Bankraub und dem Fall van Denbroek. Irgendwie ist es doch seltsam, daß mit Teuchert und Sternburg die Hauptverdächtigen zweier Fälle beruflich so eng zusammenarbeiten.“
„Das kann Zufall sein. So etwas gibt es. Worauf willst du hinaus?“
„Wir könnten Teuchert nervös machen.“
„Und wie?“
„Wenn Sternburg aus der Untersuchungshaft entlassen würde, käme Teuchert das sicher rasch zu Ohren. Wir müßten Sternburg ja nicht wirklich entlassen. So ein Gerücht läßt sich doch sicher irgendwie in die Welt setzen. Wenn Teuchert tatsächlich was mit dem Mord zu tun hätte, dann würde er bestimmt die Nerven verlieren und etwas Unbedachtes tun, was uns weiterhelfen würde. Wenn nicht, haben wir auch nichts verloren.“
Kascheck zog die Stirn in Falten. „Schau an, schau an. Unsere Barbara mausert sich schnell. Ja, die Idee gefällt mir. Wie ich Reischke einschätze, hat der bestimmt auch Spaß an diesem Spiel.“

40

Gut gelaunt verließ Teuchert seine Wohnung in der Schlade. Er fühlte sich frisch und ausgeruht. Endlich hatte er wieder einmal tief und fest geschlafen. Bevor er zur Haustür hinaustrat, schaute er in den Briefkasten. Keine Post. No news are good news, dachte er. Die Luft roch würzig, nach Nadeln und frischem Heu, obwohl es in der Schlade keine Wiesen gab. Der Spaziergang würde ihm jetzt guttun. Innere Bewegung hatte er in den letzten Tagen mehr als genug gehabt, sein Körper war dabei zu kurz gekommen.

Auf der gegenüberliegenden Straßenseite stritt sich eine Nachbarin mit zwei jungen Männern, die in einem weißen hundertneunziger Mercedes saßen. Offensichtlich versuchte sie den beiden klarzumachen, daß sie dort nicht parken konnten. Er kannte die Frau nur vom Sehen. Insgeheim hatte er ihr den Spitznamen „Schlader Straßenpolizistin" gegeben, denn fast jedesmal, wenn er sie gesehen hatte, hatte sie mit Autofahrern diskutiert oder hinter ihnen herlamentiert, obwohl es wahrlich nicht viele Fremde waren, die sich hierher verirrten. Und es waren auch nur wenige Ortskundige, die die Schlade als Abkürzung wählten. Er nickte ihr einen kurzen Gruß zu und ging dann in Richtung Romaney weiter.

Er wollte gerade nach links zum Steinbruch abbiegen, als er den Motor eines Autos in seinem Rücken hörte. Es war der weiße Mercedes. Teuchert trat einen Schritt zurück und ließ ihn vorbeifahren. Kölner, wie er am Nummernschild erkennen konnte. Was mochte die hierher getrieben haben? Was auch immer, ihm konnte das gleich sein. Er würde jetzt eine Weile zwischen den schroffen Kalkfelsen umherwandern und die warme Frühsommersonne genießen. Die Hoffnung, noch Fossilien für seine Sammlung zu finden, hatte er schon lange aufgegeben. Da hätte er schon mit der Spitzhacke auf die schweren, meterhohen Blöcke losgehen müssen. Ein Eichelhäher stieg vor ihm auf und ließ seinen lauten Warnruf hören. Ringsum antwortete Vogelgezwitscher. Teuchert ließ sich auf einem Felsbrocken nieder, der beidseitig von mannshohen Hecken umgeben war, und hing seinen Gedanken nach.

Als er sich etwa eine Stunde später seiner Wohnung näherte, konnte er schon von weitem wieder den weißen Mercedes erkennen. Er parkte jetzt ein Stück weiter unten als beim ersten Mal. Seltsam, dachte Teuchert, jetzt schon zum dritten Mal an diesem Morgen. Zufall? Zufälle konnten fatale Folgen haben, das wußte er aus der jüngsten Vergangenheit. Einer der beiden Männer saß am Steuer, der andere stand auf dem Bürgersteig und rauchte eine Zigarette. Was wollten die hier? Teuchert beugte sich nach unten, um einen Stein aufzuheben, und ließ dabei den Wagen nicht aus den Augen. So konnte er erkennen, wie der Beifahrer plötzlich ein Handy an seine rechte Gesichtshälfte hielt. Polizei, schoß es ihm durch den Kopf, das könnten Zivile sein. Und wenn, dann gilt ihre Aufmerksamkeit mir. Wem sonst?

Jetzt nur nicht die Nerven verlieren, ruhig bleiben, nichts anmerken lassen. Er hatte seinen Schritt unmerklich verlangsamt und bog kurz vor dem Wagen ab, um die Stufen zum Hauseingang hochzusteigen.

In seiner Wohnung bestätigte ihm ein kurzer Blick aus dem Fenster, daß die beiden immer noch da waren.

Teuchert schenkte sich einen Glenfiddich ein und versuchte, seine Gedanken zu sammeln. Was konnten sie wissen? Ging es überhaupt um den Bankraub? Oder hatte es vielleicht mit der van Denbroek zu tun? Aber da hatten sie doch Sternburg? Oder nicht mehr? Warum versuchten die Bullen, ihn nervös zu machen? Wenn sie etwas gegen ihn in der Hand hätten, dann würden sie nicht zögern, ihn festzunehmen und den Rest aus ihm herauszupressen. Also war es ein gutes Zeichen, daß sie es nicht taten. Vor allem mußte er Ruhe bewahren und sich ganz normal verhalten. Wenn die Beschattung anhielt, dann könnte er ja diesen Kommissar anrufen und fragen, was es damit auf sich hatte. Vielleicht erfuhr er auf diese Weise etwas. Da die beiden sich so auffällig zeigten, mußte er sie bemerken. Eine Nachfrage an der Quelle wäre also völlig unverfänglich.

Das Läuten des Telefons ließ ihn zusammenschrecken. Es war Friederike Sternburg.

„Hallo. Wie geht es dir?“ Teucherts Stimme klang, trotz der Unsicherheit, in die seine Beobachtungen ihn versetzt hatten, wie immer.

„Stell dir vor, Peter, Franz soll entlassen werden. Sein Rechtsanwalt hat sich gerade gemeldet. Er meint wohl, daß das eine besonders freudige Nachricht für mich sein muß.“

„Entlassen?“ Teuchert hatte Mühe, Fassung zu bewahren. „Hält man ihn denn nicht mehr für den Mörder?“

„Das scheint so. Ganz genau weiß der Anwalt es auch nicht. Jedenfalls bin ich aus dem, was er im Juristendeutsch von sich gegeben hat, nicht so ganz schlau geworden. Irgend etwas mit neuen Gesichtspunkten, die sich ergeben hätten, hat er gesagt, und von nicht mehr dringendem Tatverdacht. Jedenfalls kommt Franz jetzt erstmal nach Hause.“

„Aha.“ Das ist schön für dich, hätte er jetzt sagen müssen, oder irgend etwas ähnliches, aber seine Kehle war wie zugeschnürt.

„Aber ich“, hörte er Friederikes Stimme wie aus weiter Ferne, „werde nicht mehr hier sein, wenn er eintrifft. Hallo, bist du noch da, Peter?“

„Ja, ich bin noch dran. Du willst fort?“

„Nach allem, was gewesen ist, kann ich doch nicht in dem Haus bleiben und Franz in die Arme fallen. Nein, nein, und nochmals nein. Ob er diese Frau umgebracht hat oder nicht, das ist mir ganz egal. Daß er mich mit ihr und wahrscheinlich auch mit anderen betrogen hat, das verzeihe ich ihm nie.“

„Und was hast du vor? Ziehst du zu Deinem Vater?“ Willst du zu mir kommen, hätte er beinahe gesagt. Aber in der jetzigen Situation wäre das das Letzte, was er brauchen konnte.
„Nein, ich gehe nach San Francisco. Vater hat mir zwar angeboten, zu ihm zu ziehen, aber das würde mich nur in eine neue Abhängigkeit bringen. Ein Neffe meines Vaters besitzt in Frisco eine Immobilienfirma. Da werde ich ein bißchen mithelfen und gleichzeitig meine Sprachkenntnisse auffrischen. Der Abstand wird mir guttun. Vater meint das auch. Vielleicht fange ich dort auch ein ganz neues Leben an.“
Ein ganz neues Leben? Teuchert schluckte. Das hieß im Klartext doch nichts anderes, als daß er nicht auf ihrer Rechnung stand, jedenfalls nicht auf der für dieses neue Leben.
Als ob sie seine Gedanken erraten hätte, setzte sie noch hinzu: „Wir werden uns bestimmt noch einmal sehen, Peter. Ich bin dir sehr dankbar für das, was du für mich getan hast. Du hast mir in dieser schweren Zeit wirklich sehr geholfen. Wirklich.“
Teuchert hatte einen Kloß im Hals. Er würgte die Worte mehr heraus als daß er sie sprach. „Das war doch selbstverständlich, Friederike. Ich habe es gern gemacht. Hoffentlich triffst du da drüben alles so an, wie du es dir erhoffst. Ich halte dir jedenfalls die Daumen.“
„Danke, Peter. Tut mir leid, daß ich dir das alles am Telefon sagen muß, aber die Zeit ist sehr knapp. Ich muß jetzt schnell packen, dann geht's ab zum Flughafen.“
„Na dann, gute Reise.“
Ihr „Tschö, Peter“ hörte er nur noch ganz schwach, denn er hatte den Hörer schon von seinem Ohr weggenommen.

41

Gewohnheitsmäßig war er ins Büro gegangen, aber an Arbeit war nicht zu denken. Apathisch starrte Teuchert auf die blanke Platte seines Schreibtischs.

Plötzlich stand Gesine Maus in der Tür. „Da sind Sie ja. Der Chef sucht Sie. Sie sollten um zwei bei ihm sein."

Meine Güte, das hatte er völlig vergessen. Teuchert drehte sein Handgelenk. Es war zehn nach. Der Alte liebte Pünktlichkeit. „Danke, Gesine, sagen Sie ihm, daß ich schon auf dem Weg bin."

Als sie gegangen war, stand er langsam auf und ging zum Schrank. Er nahm die Flasche Glenfiddich hinter einem Aktenordner heraus und setzte sie an. Seltsam, wie der Tropfen heute brennt, dachte er. Aber er tut gut. Er nahm noch einen, atmete tief durch. Dann stellte er die Flasche zurück, schob den Ordner davor und schloß den Schrank.

Der alte Fertgen trug wie üblich sein braun-kariertes Jackett, nur die Krawatte war, anders als sonst, dunkelgrün und nicht rot. Paßt nicht zu dem hellblauen Hemd, dachte Teuchert.

„Sie sind vierzehn Minuten zu spät, Teuchert." Die Stimme von Fertgen war kalt und schneidend.

„Ein Telefonanruf hat mich aufgehalten", erwiderte Teuchert und wußte im nächsten Moment, daß Fertgen das für eine Ausrede halten würde. Deshalb fügte er rasch hinzu: „Ihre Tochter hat mir gesagt, daß Sternburg entlassen wird."

„Ich weiß", sagte Fertgen knapp.

Teuchert war irritiert. Offensichtlich war er der einzige, der nicht wußte, was gespielt wurde. Fertgen machte nicht die geringsten Anstalten, ihn aufzuklären. „Ich habe das Geld zusammen, Chef", sagte Teuchert, um die bedrückende Stille zu durchbrechen.

„Ich freue mich für Sie, Teuchert, daß Sie entweder über derartige Barbestände verfügen oder, was wohl wahrscheinlicher ist, bei einer Bank in diesem Umfang kreditwürdig sind. Oder haben Sie einen reichen Onkel in Amerika, von dem ich nichts weiß?“ Sein kurzes Lachen verdeutlichte, daß er darauf keine Antwort erwartete. Er machte eine Pause. Teuchert blickte starr an Fertgen vorbei auf die goldgerahmte Liebermannsche Fabrikhalle mit Arbeitern, Symbol unermüdlichen Fleißes und industriellen Aufstiegs, und versuchte, Haltung zu bewahren. „So viel Geld, Teuchert. Und was machen Sie jetzt damit?“

Fertgen lachte diesmal nicht. Er verzog keine Miene. Teuchert konnte also nicht einmal gezwungen mitlachen. „Chef, ich habe das Geld wirklich. So, wie wir es vereinbart haben.“

„Vereinbart? Was haben wir vereinbart? Nichts!“

„Nichts?“ Teuchert blickte auf den Fußboden, als müßte das Blut, das er aus seinem Kopf strömen fühlte, dort einen riesigen roten See bilden.

„Teuchert, es kann ihnen doch nicht entgangen sein, daß ich gesagt habe, wir reden weiter, wenn ich weiß, daß Sie tatsächlich eine solche Summe aufbringen können. Inzwischen sind einige Tage vergangen. Denken Sie nicht, mit mir handeln zu können. Wir sind hier ja nicht auf einem türkischen Basar und ich handele nicht mit orientalischen Gewürzen. Ich hole Informationen ein, mache mir ein Bild. Dann treffe ich Entscheidungen. Schlagen Sie sich die Teilhaberschaft aus dem Kopf, Teuchert. Ich habe Angebote zuhauf, die sich in ganz anderen Größenordnungen bewegen. Was ich Ihnen anbieten kann, ist eine Einlage, die ich Ihnen, sagen wir, zu einem Prozent mehr verzinse, als es eine Bank tun würde.“

Fertgens Worte drangen wie durch Watte an Teucherts Ohren. Einlage! Zu einem Prozent mehr als die Banken. Das waren mindestens drei Prozent weniger, als er den Banken für das geliehene Geld zahlen mußte. Ihm war schwindlig. Seine Schläfen hämmerten, sein Magen drückte mit Macht nach oben.

„Ist Ihnen nicht gut?“ Fertgens ferne Stimme klang keine Spur besorgt.
„Ich, nein, äh, doch, ja.“
„Rutschen Sie mir hier nur nicht zusammen, Teuchert. Gehen Sie in Ihr Büro, holen Sie Luft.“ Fertgen blickte auf seine Uhr. „Ich habe jetzt ohnehin keine Zeit mehr.“
Damit war Teuchert entlassen. Er quälte sich aus dem Besucherstuhl hoch und wankte zur Tür.
Als er wieder zu sich kam, saß er in seinem Büro. Nein, eigentlich saß er nicht. Nur sein Hinterteil hatte Berührung mit dem Ledersessel, auf dem bis vor kurzem noch Sternburg gethront hatte. Mit seinem Oberkörper lag er auf seinem Schreibtisch und fühlte sich hundeelend. Aus. Es war alles aus. Aus und vorbei. Der Traum von seinem Aufstieg bei der Fertgen-Chemie, von Friederike. Sternburg wurde freigelassen, die Bullen waren ihm auf den Fersen. Aus der Traum auch von einer Hazienda weit weg.
Teuchert dachte immer wieder dasselbe, wenn man das überhaupt denken nennen kann. Als seine Oberschenkel anfingen, weh zu tun, stützte er sich mit den Oberarmen ab, um auf die Füße zu kommen. Auf dem Weg zum Schrank blieb er stehen. Nein, das kann ich besser zu Hause, dachte er. Wenn sie mich noch bis dahin kommen lassen.

42

Gerd Kascheck bremste den weißen Golf ab. „Hier muß es sein." Er zog ein Stück Papier aus seiner Jackentasche und verglich die Anschrift. „Los Werner, gehen wir." Nur wenige Augenblicke später standen sie vor dem Mehrfamilienhaus oberhalb der Straße.

Werner Morsch drückte gegen die Eingangstür. „Geschlossen", stellte er fest und las die Namen auf der Klingelleiste. „Zweiter von unten. Sollen wir klingeln?" fragte er und zeigte dabei auf die Sprechanlage.

„Lieber nicht. Wer weiß, was er anstellt, wenn er gewarnt ist."

Morsch drückte auf den obersten Klingelknopf.

„Ja bitte", meldete sich kratzend eine weibliche Stimme aus dem Lautsprecher.

„Bergisches Handelsblatt. Ich lege die Zeitung ins Haus!"

Sofort ertönte ein Summton, die Tür gab nach. Kascheck warf seine Lederjacke auf die unterste Treppenstufe, rief laut „Danke" und ließ die Eingangstür wieder ins Schloß fallen. Auch ganz oben wurde eine Tür geschlossen. Sie verharrten einen Moment regungslos. Dann hob Kascheck seine Lederjacke auf. Beinahe lautlos stiegen sie die Treppe hinauf bis in die zweite Etage.

„Kein Türspion", stellte Kascheck fest, „das trifft sich gut. Ich schelle und mach die Telekomnummer. Wenn nicht sofort geöffnet wird, nimmst du den Türöffner Größe 45."

„Ist ja nicht deine Tür", sagte Morsch. Kascheck verzog das Gesicht zu einem Grinsen. Dann klingelte er. Alles blieb still. Ding dong. Ding dong. Nichts. Morsch legte sein Ohr an die Tür und lauschte angestrengt, ohne über die gesetzlichen Voraussetzungen dieser Art des Lauschangriffs nachzudenken. Kascheck versuchte es noch einmal. Ding dong. Ding dong. Wieder keine Reaktion.

„Na gut. Dann muß es wohl sein. Also los!"

Morsch stützte sich mit der rechten Hand am Treppengeländer ab. Dabei hob er sein linkes Bein so, daß Ober- und Unterschenkel die Katheten eines rechtwinkligen Dreiecks bildeten. Im Bruchteil einer Sekunde verkleinerte er den Winkel, um ihn sofort wieder mit einer kraftvollen Bewegung auf fast einhundertachtzig Grad zu vergrößern. Sein Fuß traf die Tür in Schloßhöhe. Holz splitterte in alle Richtungen und verursachte ein krachendes Geräusch. Wie ein Echo kam ihnen der dumpfe Knall aus der Wohnung entgegen. Kascheck und Morsch sprangen nacheinander in den Raum. Morsch mit der Waffe in der rechten Hand. Das sah zwar gut aus, war aber völlig überflüssig, wie sie durch die offene Wohnzimmertür sofort sahen.

Peter Teuchert lag auf dem Boden zwischen Couch und Tisch. Aus den Lautsprecherboxen rauschten Meereswogen wie eine defekte Wasserspülung. Auf dem Tisch stand eine leere Flasche Glenfiddich.

„Unser Freund liebt den tiefen schottischen Traum. Wenn er die ganze Flasche intus hat, dann ist es kein Wunder, daß er uns nicht gehört hat." Kascheck rüttelte Teuchert an der Schulter, konnte ihm aber nicht mehr als ein undeutliches Grunzen entlocken. „Wir lassen ihn zunächst liegen, dann können wir uns wenigstens in Ruhe in der Wohnung umsehen."

Routinemäßig durchsuchten sie die Räume.

„Gerd, schau doch mal her." Morsch winkte mit einigen Kontoauszügen.

Kascheck schaute sie im einzelnen durch. „Deutsche Bank, Zweigstelle Bensberg. Er hat quasi seine eigene Bank überfallen. Vielleicht finden wir den dunkelblauen Mantel, von dem die Zeugen gesprochen haben."

„An der Garderobe hängt nur ein heller Trenchcoat. Ich gehe ins Schlafzimmer", sagte Werner Morsch.

Kaschecks Blick blieb an der Vitrine neben der Hifi-Anlage hängen. Verständnislos betrachtete er die Fossilien. „Schon

seltsam, welchen Plunder manche Leute in ihrer Bude lagern“, dachte er. Woher sollte er auch wissen, daß einige dieser Steinbrocken aus der näheren Umgebung stammten und geologische Raritäten waren.
„Kein dunkler Mantel“, rief Morsch aus dem Schlafzimmer heraus, „der Trenchcoat scheint sein einziger Mantel zu sein. Alles andere sind Sakkos und sonstige Jacken.“

43

Teuchert kniff die Augen zusammen, konnte aber immer noch nicht scharf sehen. In seinem Schädel hatte sich ein Bienenschwarm eingenistet. Vom Magen her stieg Übelkeit auf. Er streckte vorsichtig ein Bein zur Seite und spürte, daß sein Fuß plötzlich keinen Kontakt mehr nach unten hatte. Mit der rechten Hand ertastete er eine dünne Schaumstoffmatte, darunter war es eiskalt und fühlte sich wie Beton an. Er hatte nicht die geringste Ahnung, in welchem Film er sich befand und wo er war. Der Kniff ins Bein signalisierte, daß er nicht träumte. Langsam verschwand der Nebel vor seinen Augen, und er entdeckte an der gegenüberliegenden Wand, knapp unter der Decke, ein kleines vergittertes Fenster, durch das etwas Tageslicht in den winzigen Raum ohne Möbel drang.

Schwerfällig stand er auf und wankte zur Tür. Er klopfte gegen das weißgestrichene kalte Eisen. Keine Reaktion. Auch nicht beim zweiten und dritten Mal. Er holte zu einem kräftigen Tritt aus und merkte gerade noch rechtzeitig, daß er keine Schuhe anhatte. Neben der Matratze, entdeckte er einen in der Wand neben der Liegefläche eingelassenen Lautsprecher und darunter eine orangefarbene Taste. „Bei Sprechwunsch bitte drücken", stand auf einem kleinen Hinweisschild. Teuchert drückte vorsichtig die Taste, als würde er damit einen unbekannten und vielleicht gefährlichen Mechanismus auslösen.

„Guten Morgen, Herr Teuchert. Geht es Ihnen wieder besser?" krächzte eine metallene Stimme aus dem Lautsprecher.

Er fühlte sich beschissen. Aber sollte er denen noch die Freude machen und das sagen? Am liebsten hätte er einen Glenfiddich bestellt. Glenfiddich, ja, den hatte er gestern abend gehabt. Und dann?

„Herr Teuchert", meldete sich wieder die fremde Stimme und unterbrach seine Gedanken. „Herr Teuchert, sind Sie noch da?"

„Nein.“ Teuchert wunderte sich über die Dämlichkeit seines unbekannten Gesprächspartners. Wie sollte er in dieser Zelle plötzlich nicht mehr da sein. Er konnte sich doch nicht in Luft auflösen.
„Aha, Sie haben schon wieder Humor.“
„Wo bin ich hier? Was ist passiert?“ Teuchert schluckte die bissigen Bemerkungen, die ihm auf der Zunge lagen, herunter.
„Das wird Ihnen ein Kollege von mir gleich erklären. Einen kleinen Augenblick noch.“
Wenig später knirschte ein Schlüssel im Schloß und ein etwas behäbig wirkender Mann mittleren Alters brachte ihn durch einige lange Gänge in ein Bürozimmer.
„Herr Teuchert, da sind Sie ja. Wie geht es Ihnen? Sie erinnern sich doch an mich? Ich hoffe, Sie konnten Ihren Rausch ausschlafen. Unsere Gästebetten sind zwar nicht die besten, aber dafür garantieren wir absolute Sicherheit der Unterkunft.“ Kascheck lachte Teuchert an, als ob sie sich nach einer durchzechten Nacht gerade auf dem Golfplatz begegnet wären.
Teuchert war jedoch nicht zum Lachen zumute. „Warum bin ich hier?“ fragte er vorsichtig.
„Das wissen Sie doch besser als ich“, entgegnete Kascheck, „oder sind Ihnen Ihre Straftaten nicht bekannt?“
Teuchert zuckte zusammen. Einen Moment lang hatte er die, natürlich unsinnige, Hoffnung gehabt, er habe im Suff irgend etwas angestellt und man habe ihn hier nur ausgenüchtert.
„Kann ich eine Tasse Kaffee haben?“ fragte er. Er mußte Zeit gewinnen, um seine Gedanken zu ordnen. Und er brauchte auch etwas, um seinen Kopf klar zu bekommen.
„Selbstverständlich. Ich habe bereits ein Frühstück für Sie bestellt.“
Wie auf ein Stichwort trat Werner Morsch ein. Er stellte ein großes Tablett mit Kaffee, frischen Brötchen, Wurstaufschnitt und Brombeermarmelade auf den Tisch. Brombeermarmelade! Teuchert wollte es nicht glauben. Woher sollte er auch wissen, daß Kascheck und Morsch die großen Vorräte in seiner Woh-

nung nicht verborgen geblieben waren und daß es zu Kaschecks psychologischen Tricks gehörte, solche Erkenntnisse auch zu nutzen.

Die beiden Beamten drängten Teuchert nicht. Sie wußten aus Erfahrung, daß die Zeit, die sie sich jetzt nahmen, doppelt und dreifach wieder hereinkommen würde. Sie sollten sich in dieser Einschätzung nicht irren. Nach zwei Tassen schwarzen Kaffees und einem Brombeermarmeladenbrötchen packte Teuchert aus.

Bereits nach einer Stunde konnte Kascheck sich befriedigt zurücklehnen. Was wollte er mehr. Er hatte nicht nur den Fall der Deutschen Bank geklärt, sondern auch drei weitere Überfälle auf Geldinstitute, die zum Aufgabengebiet anderer Kollegen gehörten. Bentlaer würde staunen. Daß ein völlig aufgedrehter Teuchert ihm die Arbeit weitgehend abgenommen hatte, danach würde niemand fragen. Was zählte, war der Erfolg. Jetzt konnte er beginnen, mit Teuchert die noch offenen Einzelheiten zu klären. Aber Teuchert hatte nur eine kurze Pause gemacht. Er war immer noch in Fahrt und setzte seine Beichte fort. Kascheck ließ ihn reden.

„Mit dem Mord habe ich aber nichts zu tun!"

Kascheck zuckte unmerklich zusammen. Fast hätte er spontan gefragt: „Was für ein Mord?", biß sich jedoch gerade noch rechtzeitig auf die Lippen und ließ statt dessen nur ein „Ach!?" hören. Wenn Teuchert annahm, sie würden ihm einen Mord anlasten, dann sollte er das ruhig denken. Er würde mehr erzählen, solange er diese Sorge hatte.

„Auch wenn sie mich erpreßt hat. Bis dahin lief alles wie am Schnürchen", fuhr Teuchert fort.

„Wie meinen Sie das?" Kascheck war elektrisiert. Es konnte nur um die van Denbroek gehen.

„Bei der Deutschen Bank hatte mich doch eine Frau erkannt. Sie rief mich danach an. Bei einem späteren Treffen in einem Lokal in Bergisch Gladbach stellte sie Geldforderungen. Wenn

ich nicht bezahlte, würde sie die Polizei informieren, drohte mir dieses Luder."
Kascheck hatte Mühe, seine innere Anspannung zu verbergen. Vielleicht doch nicht Sternburg? Hatte Teuchert nur deshalb so bereitwillig geredet, damit man ihm abkaufte, wenn er hinsichtlich des Mordes leugnete? Vielleicht mußte man ihm eine Brücke bauen. „Es war ein Unfall?"
„Ich weiß es nicht. Ich habe damit jedenfalls nichts zu tun. Ich habe sie noch zu Hause aufgesucht, dachte, ich kann sie umstimmen. Aber sie blieb hart."
Kascheck saß auf der äußersten Stuhlkante und beugte sich weit in Richtung Teuchert. „Und dann? Was haben Sie dann getan, Herr Teuchert?"
„Ich habe sie jedenfalls nicht umgebracht. Ich hatte natürlich fürchterliche Angst, daß sie mich hochgehen lassen würde. Und ich haßte sie, weil sie meine Pläne durchkreuzte. Aber Mord ist nicht mein Ding. Eher hätte ich ihr das Geld gegeben. Das müssen Sie mir glauben, Herr Kascheck."
Kascheck dachte nicht daran, das zu glauben. „Und wenn wir Spuren im Haus gefunden haben, die mit Ihrer Darstellung des Besuches dort nicht übereinstimmen? Zum Beispiel haben Sie uns nichts davon erzählt, daß Sie auch im Garten an der Rückseite des Hauses gewesen sind, oder?"
„Nein, das habe ich nicht. Aber das kann ich leicht nachholen. Die van Denbroek hatte mir gesagt, daß sie ihr Wissen über mich schriftlich festgehalten hätte. Gewissermaßen als Lebensversicherung. Sie konnte ja nicht wissen, daß ich Gewalt verabscheue. Für mich war klar, daß dieses Papier dringend vernichtet werden mußte. Nach ihrem Tod bin ich deshalb noch mal zu ihrem Haus gefahren und bin dort eingestiegen. Es war noch nicht einmal ein richtiger Einbruch. Eine Terrassentür stand offen."
„Und? Wo ist der Brief jetzt?"
„Ich habe ihn nicht gefunden. Vielleicht hatte sie nur geblufft."

„Oder Sie bluffen, Teuchert. Woher wußten Sie, daß Frau van Denbroek tot war?“
„Das stand doch in der Zeitung. An dem Tag, an dem Sie in unserer Firma waren, um Sternburg festzunehmen.“
„Herr Teuchert. Nun mal Klartext. Wo waren Sie an dem Freitag, als Verena van Denbroek getötet wurde?“
Plötzlich merkte Teuchert, daß er dabei war, sich um Kopf und Kragen zu reden. Wo war nur sein Verstand geblieben? Wie kam er dazu, diesem Bullen alles zu erzählen, einfach so. Dieser Bulle wollte ihm einen Mord anhängen. Der war die ganze Zeit so scheißfreundlich. Und er ist darauf reingefallen, hatte seine Banküberfälle gestanden und völlig ohne Not von der van Denbroek geplappert. Was war er für ein Idiot! Auf Bankraub gab es ein paar Jahre, auf Mord lebenslänglich. „Ich weiß, worauf Sie hinaus wollen, Herr Kascheck. Aber ich habe sie nicht getötet. Das lasse ich mir auch nicht anhängen.“
„Sie haben ein Motiv, sogar ein sehr gutes. Sie mußten ständig damit rechnen, daß Frau van Denbroek zur Polizei geht. Eine tote Zeugin dagegen konnte nichts mehr verraten.“
„Ich habe sie nicht getötet“, wiederholte Teuchert. „Ich kann zwar eine Bank ausrauben oder auch zwei und mehr, aber ein Mord, nein, dazu bin ich nicht fähig.“
„Sie trugen in der Bank einen dunkelblauen Mantel. Wir haben ihn in Ihrer Wohnung nicht gefunden. Wo ist er?“
„Ich habe mich nach der Tat sofort umgezogen. Das sieht man doch in jedem billigen Krimi, daß das notwendig ist. Der Mantel ist in dem Müllbehälter eines Kaufhauses gelandet.“
„Ja, nach dem Mord. Wir haben bei der Toten blaue Schurwollfasern gefunden, die nicht zu ihr gehören.“ Kascheck wußte, daß dieses Argument nicht viel hergab, solange er Teucherts Mantel nicht hatte. Aber er konnte wenigstens versuchen, ihn damit in die Enge zu treiben.
Teucherts Blick hellte sich auf. „Schurwolle? Die Fasern sind nicht von mir. Ich habe beim Banküberfall einen Kamelhaarmantel getragen. Der war zwar auch blau, aber aus Kamel-

haar. Kamelhaar, verstehen Sie? Das ist doch was anderes als Schurwolle! Und noch was. Als ich in der Bank war, da war es ein kühler Maitag. Gleich danach gab es einen Wetterumschwung, wurde warm. Wer da einen Schurwollmantel getragen hätte, der wäre sofort aufgefallen."

44

Kascheck hatte Teuchert wieder in die Zelle bringen lassen. Er selbst saß am Schreibtisch und hatte seinen Kopf in beide Hände gestützt. Er war völlig in seine Gedanken versunken. Barbara Reuter und Werner Morsch standen schweigend am Fenster.

„Wer war es denn nun?“ unterbrach Barbara Reuter endlich die Stille.

Kascheck hob langsam seinen Kopf. „Frag mich was Leichteres. Sternburg hat ein Motiv: Angst um seine Existenz. Teucherts Motiv ist besser. Ihm droht nach diesen Banküberfällen eine langjährige Freiheitsstrafe. Da macht ein Mord noch mehr Sinn.“

„Uns fehlen in beiden Fällen die Beweise. Deine Taktik bei Sternburg hat nicht funktioniert. Trotz U-Haft hat er nicht gestanden. Und Teuchert ist, wenn wir nichts anderes finden, auch aus dem Schneider“, warf Morsch ein.

„Diese Faserspur . . . Habt ihr ein entsprechendes Kleidungsstück bei Sternburg gefunden?“ fragte Kascheck.

„Als Geschäftsführer hat der eine ganze Palette blauer Anzüge“, antwortete Barbara Reuter, „die sind alle im Labor. Wir werden auf das Ergebnis noch etwas warten müssen.“

„Teuchert trug einen blauen Mantel in der Bank. Angeblich Kamelhaar. Er hat ihn weggeworfen. Ich habe bei der Wetterwarte am Flughafen Köln-Wahn angerufen. Am Todestag war es tatsächlich richtig warm. Fünfundzwanzig Grad. Damit ist der Mantel als Täterbekleidung in der Tat sehr unwahrscheinlich. Ich denke, wir müssen noch mal in seine Wohnung. Jetzt, wo er als Mörder in Frage kommt, müssen wir sie mit dieser neuen Zielrichtung durchsuchen. Wenn wir nicht fündig werden . . . Barbara, ich bin absolut ratlos. Zwei Tatverdächtige mit zwei guten Motiven. Aber keine hinreichende Beweislage.“

„Übrigens, dieser Kugelschreiber im Duschraum der Villa. Das ist doch eine Spur, der wir noch nicht nachgegangen sind."

„Mein Gott, Werner!" Kascheck schüttelte den Kopf. „Spuren werden erst ab einer bestimmten Verdachtslage interessant. Wir kennen den Mörder bereits: Sternburg oder Teuchert. Wir wissen nur nicht, wer von den beiden es wirklich gewesen ist. Fahr lieber noch mal in die Ackerstraße und schau, ob Du etwas findest, was mit der Erpressung zu tun hat, von der Teuchert geredet hat. Das könnte uns vielleicht weiterbringen."

Kascheck wollte gerade damit anfangen, über Spuren und deren Beweiswert zu theoretisieren, als das Telefon klingelte. Er hob den Hörer ab. „Ach, Herr Reischke. Schön, daß ich von Ihnen auch mal höre. Die Staatsanwaltschaft hält sich doch sonst nicht so aus den Mordermittlungen raus. Natürlich sind wir weitergekommen. Ja, wir haben den Mörder. Alles bestens also. Bis auf eine Kleinigkeit. Leider, ja, die ist bedeutsam. Uns fehlen wieder mal die Beweise", lachte Kascheck gequält. „Und wir wissen noch nicht genau, wer von beiden, Teuchert oder Sternburg, es nun wirklich war. Herr Reischke, was sagen Sie? Was? Sie wissen es?"

Morsch und Reuter schauten gespannt auf Kascheck, hörten jetzt aber nur noch zweimal ein leises „Ja", bevor Kascheck sich verabschiedete und den Hörer auflegte. Sein Gesicht war eine ganze Spur blasser geworden.

„Das war Reischke", sagte Kascheck, als ob die beiden nicht mitgehört hätten. „Sternburg ist tot. Er hat sich in seiner Zelle erhängt. Reischke meint, damit wäre der Fall für ihn geklärt. Sternburg, wie er es von Anfang an vermutet habe."

„Selbstmord als Schuldeingeständnis?" Morsch schien nicht überzeugt, und auch in Barbara Reuters Blick konnte Kascheck Zweifel erkennen.

„Nun ja, vielleicht ist es ja so. Der gleiche modus operandi, allerdings hat er mangels Wäscheleine Bettwäsche genommen, zusammengedreht."

„Klingt das nicht etwas simpel?"

„Du mußt wissen, Werner, für Reischke ist immer alles genau so, wie es in den Lehrbüchern steht, unabhängig davon, daß die Realität oft die Theorie überholt. Er hält sich an den kriminologischen Lehrsatz, daß das Täterverhalten perseverant ist. Das hast du doch auch mal gelernt, Barbara, oder?"
„Ja, natürlich. Wer könnte so ein verqueres Wort vergessen? ‚Hat der Täter mit einer Tatbegehungsweise Erfolg gehabt, wendet er sie immer wieder an.' Aber im Ernst, Gerd, Beharrlichkeit bis in die Selbsttötung? Ich weiß nicht. Und wenn es doch Teuchert war?"
„Reischke sagt, daß der auf jeden Fall auch sein Fett abbekommt. Er wird dafür sorgen, daß die Freiheitsstrafe für die Banküberfälle deftig wird. Dafür kann die Staatsanwaltschaft das Risiko, daß Teuchert doch der Mörder ist, in Kauf nehmen. Man könne die Ermittlungen immer noch aufnehmen, wenn sich neue Erkenntnisse ergäben, meint er. Ich ruf' jetzt erstmal Evers an. Nach dem Stand der Dinge kann die Mordkommission aufgelöst werden."
„Irgendwie ist das unbefriedigend!"
„Aber nicht zu ändern, Barbara. Die Staatsanwaltschaft ist Herrin des Verfahrens. Da kommen wir nicht dran vorbei. Unsere Arbeit ist getan."
„Schade. Ich habe mich gerade an dich gewöhnt."
„Ja, so schnell kann das gehen. Mir hat es bei Euch auf dem Land auch gut gefallen. Aber ich bin ja nicht aus der Welt. Vielleicht sehen wir uns beim nächsten Gladbacher Mord wieder."
„Schön wär's. Ich meine nicht den Mord", lachte Barbara Reuter, „sondern das Wiedersehen."
„Würde dich das wirklich freuen?"
„Wie kannst du daran zweifeln?"
„Na, dann kann ich mich ja glücklich schätzen. Meine Abordnung wurde nämlich verlängert. Wo ist eigentlich Werner geblieben? Er war doch eben noch da?" Kascheck schaute Barbara Reuter fragend an, aber die war genauso überrascht wie er.

45

Zum zweiten Mal stand Werner Morsch vor der Villa van Denbroek. Für ihn war der Fall noch längst nicht abgeschlossen. Er hatte sich rechtzeitig davongeschlichen und konnte mit gutem Gewissen sagen, daß der Kommissionsauftrag für ihn noch galt.

Als er die mit grauem Marmor belegte Terrasse betrat, sah er, daß die Terrassentür einen Spalt breit offen stand. Teuchert hatte bei seiner Vernehmung angegeben, daß die Tür nicht verschlossen gewesen war, als er in das Haus eingedrungen ist, erinnerte er sich. Das hatte absolut glaubwürdig geklungen. Und Teuchert hatte die Tür nicht verschließen können, als er das Haus zur Gartenseite wieder verlassen hatte. Aber Barbara hatte gesagt, sie hätte eine Streife vorbeigeschickt, um die Tür zu sichern. Also hätte sie jetzt zu sein müssen. Als er genauer hinsah, entdeckte er am Holzrahmen die Druckspuren eines Schraubenziehers. Sein Herz begann schneller zu schlagen. Er stand ganz still und bemühte sich, so leise zu atmen wie möglich. Jetzt wäre es ihm doch viel lieber gewesen, Kascheck oder Barbara dabeizuhaben.

Werner Morsch zog seine Pistole, die er verdeckt unter der leichten Baumwolljacke trug, und lud sie durch. Dann glitt er leise ins Haus. Lautlos durchsuchte er den Wohnbereich, bevor er sich dem Keller zuwandte.

Vorsichtig schlich er die Treppe hinunter. Das spärliche Licht, das ihm den Schritt erleichterte, mußte von den Souterrainfenstern kommen. Er nahm sich zuerst den Fitnessraum vor. Durch die Glastür war niemand zu sehen. Trotzdem hielt Morsch seine Pistole im Anschlag, als er den Raum betrat. Vorsichtshalber öffnete er den großen Schrank in der Ecke. Nichts als Sportutensilien. Niemand, der sich dort verborgen hätte.

Dann stand er vor der Edelholztür des Weinkellers. Ihm war, als ob er von dort ein Geräusch gehört hätte. Jetzt war es wieder still. Mit Schwung stieß er die Tür auf, sprang in den Raum, riß die Waffe hoch und rief: „Hände hoch!“

Das war überflüssig. Denn der Mann, der vor dem Weinregal, an dem vor kurzem noch der Leichnam der Verena van Denbroek hing, auf dem Boden kauerte, machte keine Anstalten, ihn anzugreifen. Er lehnte regungslos mit dem Rücken an den Weinflaschen. Sein Kopf war auf den Boden gerichtet, die Augen waren weit aufgerissen. Morsch konnte trotzdem deutlich erkennen, wie sich sein Brustkorb hob und senkte. Kein Zweifel. Er lebte.

„Was machen Sie hier im Weinkeller?“ fragte Morsch, ohne eine befriedigende Antwort zu erwarten. Auch als er ihn an den Schultern rüttelte, reagierte er nicht.

Morsch wurde übel. Der säuerliche Geruch des sich immer noch zersetzenden Weins füllte den Raum und nahm ihm den Atem. Er faßte den Eindringling unter den Achseln und zog ihn nach oben. Irgendwie schaffte er es, ihn die Kellertreppe nach oben ins Wohnzimmer zu schleppen. Er schien nicht betrunken zu sein. Seine Apathie deutete eher auf einen völligen psychischen Zusammenbruch hin. Wie ein Häufchen Elend hing er mit starren Augen auf der Couch. Morsch überlegte, ob er einen Arzt holen sollte. Aber wann würde er ihn dann befragen können? Ärzte konnten ziemlich rigoros sein, wenn sie einen Patienten für nicht vernehmungsfähig hielten. Der hier machte nicht den Eindruck, als ob er in den nächsten Minuten das Zeitliche segnen wollte. Einen Arzt konnte er immer noch holen, wenn er allein nicht zurecht kam.

Werner Morsch ging zur Küchenzeile, die vom Wohnraum durch eine große Theke abgetrennt war. Er wußte, daß er jetzt nichts dem Zufall überlassen durfte. Jeder Schritt, jedes Wort war sorgfältig zu überdenken.

Die Sonnenstrahlen, die durch das große Fenster neben der Dunstabzugshaube fielen, tauchten die ganz in weiß gehaltene

Küche in gleißendes Licht. Wie unwirklich, dachte Morsch, welch ein Kontrast. Hier diese lebensbejahende Helligkeit, wenige Schritte weiter im Wohnzimmer diese traurige Gestalt und unter meinen Füßen der muffige Weinkeller als Totengruft.

Er füllte den Kessel mit frischem Wasser und schaltete das Glaskeramikfeld auf die höchste Stufe. In den Küchenschränken hatte er schnell gefunden, was er suchte. Die Kaffeemaschine, die neben dem Spülbecken stand, rührte er nicht an. Wann immer er konnte, bereitete er ihn so zu, wie er es von seiner Großmutter gelernt hatte. Vor allem stark. Hier konnte er. Und die Zeit, die er für das Nachgießen des kochenden Wassers benötigte, konnte er gut brauchen, um seine nächsten Schritte zu durchdenken.

Wenig später dampfte schwarzer Kaffee in zwei Tassen aus Hutschenreuther-Porzellan auf dem Tisch. Der würde selbst Tote wieder zum Leben erwecken, dachte Morsch. Er hatte es sich im Sessel bequem gemacht. Sein Gegenüber hatte, während er in der Küche war, sein Jackett ausgezogen und neben sich gelegt. Jetzt war er aber wieder völlig regungslos. Morsch wußte, daß er viel Geduld haben mußte. Er würde sie haben, auch wenn die Minuten noch so langsam verstrichen.

Werner Morsch hatte seine eigene Tasse schon fast geleert, als sich plötzlich ihre Blicke trafen. Nur kurz, denn die ausdruckslosen, tief in den Höhlen liegenden Augen suchten nicht ihn, sondern die Tasse. Langsam, als ob es einer fast übermenschlichen Anstrengung bedurfte, kamen beide Hände nach oben, umklammerten das weiße Porzellan und führten es zum Mund. Wie schnell er trinkt, dachte Morsch. Er schenkte sofort nach, und kurz darauf eine dritte Tasse.

Morsch wußte, daß die Kommunikation jetzt begonnen hatte. Er füllte die Tasse erneut. Was Kascheck jetzt wohl getan hätte an seiner Stelle? Er erinnerte sich an seine ersten Gespräche mit Kascheck über Vernehmungen. „Eine Vernehmung ist mehr als eine Befragung“, hatte Kascheck erklärt. „Die Gangster wenden Gewalt an, sie drohen oder sie betrügen. Das dürfen wir nicht, Werner. Wir wären dann nicht besser als diese Straftäter. Obwohl jedes Opfer uns unterstützen würde, wenn wir es seinem Peiniger mit gleicher Münze heimzahlen würden. Auge um Auge. Zahn um Zahn. Unsere Aufgabe ist aber nicht die Bestrafung, sondern die Überführung. Das Sammeln von Beweismitteln. Wir brauchen ein Geständnis. Ein Geständnis erhält man meist nur mit kriminalistischer List. Und das, Werner, das ist die Kunst der Vernehmung."

Während er darüber nachdachte, welche List hier wohl möglich war, drehte er das Zugband seiner Baumwolljacke um den Finger. Beim Blick auf dieses Band kam ihm eine Idee. Er öffnete den Knoten und zog das Band aus dem Bund. Mit den Enden in beiden Händen donnerte er beide Fäuste mit einer solchen Wucht auf den Tisch, daß das Porzellan scheppernd in die Höhe sprang.

Mit einer ruckartigen Bewegung hob sein Gegenüber den Kopf und schaute konsterniert auf Morsch. Der hatte zwischenzeitlich das Zugband um seinen eigenen Hals gelegt, tat so, als würde er es zuziehen und machte dabei röchelnde Geräusche.

Den haltungslosen Körper vor Morsch durchlief ein Zittern. Morsch konnte erkennen wie sich hinter den Brillengläsern in den Augenwinkeln Flüssigkeit sammelte, bis das untere Augenlid gefüllt war und dicke Tränen die Wangen herunterliefen. Morsch beugte sich vor und reichte ihm ein Taschentuch.

„Beruhigen Sie sich, Herr Korschenbroich. Es ist alles überstanden."

Ernst Korschenbroich wischte sich die Augen und behielt das Taschentuch in seiner rechten Hand.

„Warum?" setzte Morsch nach. Er fühlte, daß Korschenbroich kurz davor war, alles zu erzählen. Er mußte nur erst einmal damit beginnen. „Wenn Sie reden, wird Ihnen leichter. Sagen Sie mir, warum?"

„Ich habe es nicht gewollt! Das müssen Sie mir glauben." Korschenbroich sprach ganz leise, fast mit tonloser Stimme.

„Natürlich glaube ich Ihnen. Niemand will so etwas", tröstete Morsch.

Korschenbroich atmete noch einmal tief durch. „Sie hätte mich nicht auslachen dürfen, nicht beschimpfen." Er verstummte wieder.

„Niemand möchte beschimpft werden", half Morsch.

„Ich habe sie doch geliebt. Alles hätte ich für sie getan, selbst wenn sie verlangt hätte, ich solle Geld für sie unterschlagen. Aber sie hat nur gelacht und gesagt, was ich mir denn eigentlich einbildete. Mieser kleiner Kassierer hat sie mich genannt und verklemmter kleiner Wicht." Korschenbroich schluchzte auf.

„Wie kam es denn dazu, daß sie bei Frau van Denbroek im Haus waren?"

Korschenbroich wischte sich erneut mit dem Taschentuch über die Augen. „Nach dem Banküberfall stand ich im Mittelpunkt. Alle fragten mich, wie es mir ergangen ist. Glaubten, daß ich ein Held sei. Aber das war ich nicht." Er senkte den Blick auf den Boden und schwieg.

Morsch überlegte, wie er ihn nochmals zum Sprechen bringen konnte. „Man ist schon dann ein Held, wenn man eine schwierige Situation meistert, ohne sich oder andere in Gefahr gebracht zu haben. Und das haben Sie getan."

„Meinen Sie wirklich?"

„Ja, das meine ich wirklich", sagte Morsch sanft.

„Vielleicht bin ich doch zu bescheiden. Meine Mutter jedenfalls sagt das immer."

„Das glaube ich auch. Sie haben Großartiges geleistet. Wie ging es denn weiter?"

„Na ja, auch Verena fragte mich, als sie wenig später wieder Geld abholte, wie es mir bei dem Bankraub ergangen sei. Scherzend sagte ich, ich würde ihr das in einer stillen Stunde erzählen. Sie lächelte mich an. Sie wissen, es gibt so ein Lächeln, das mehr sagt als Worte. Sie sagte, das würde sie alles brennend interessieren und sie würde sich freuen, wenn ich mal Zeit finden würde, sie zu besuchen. Am Freitagnachmittag bin ich dann ganz spontan mit dem Bus nach Refrath gefahren und habe bei ihr geklingelt. Sie tat zwar erstaunt, hat mich aber reingelassen. So wie heute habe ich hier auf der Couch gesessen und habe ihr alles über den Bankraub erzählt."

Armer Korschenbroich, dachte Morsch, du hast nicht ahnen können, daß das van Denbroeksche Interesse nicht dir, sondern wahrscheinlich allein dem Täter galt, um ihn besser erpressen zu können. Aber das behielt er einstweilen noch für sich. Er wollte Korschenbroich nicht verunsichern. „Mir scheint, daß Frau van Denbroek auch Interesse für Sie zeigte."

„Das dachte ich auch, bis . . ." Korschenbroich verstummte.

„Bis was?"

„Als ich fertig war mit meiner Schilderung, wie alles abgelaufen ist an diesem Freitag, stand sie auf und ging zum Fenster."

„Zu dem hier?" Morsch stellte sich davor.

„Ja genau so. Ich dachte, sie wolle ihre innere Bewegung verbergen, ich meinte, die Gelegenheit sei günstig, und da gestand ich ihr meine Liebe, sagte ihr, wie sehr ich sie bewunderte. Dabei stand ich auf und berührte ihre Schulter. Das hätte ich besser nicht tun sollen."

„Warum?"

„Sie drehte sich zu mir. Ob ich verrückt geworden sei, was ich mir einbildete, sagte sie. Ihre Stimme hatte einen herablassenden, höhnischen Klang. Sie schrie mich fast an." Korschenbroich drückte plötzlich seine Hände fest an seine Ohren, als könne er so das, was sie gesagt und er gehört hatte, nachträglich abwehren. „Erst dachte ich, sie ziert sich nur, das gehört zu ihrer Art. Ich legte meine Hände an ihre Taille und versuchte, sie beruhigend an mich zu ziehen. Aber da flippte sie dann vollkommen aus."

„Da waren Sie wirklich etwas forsch. Aber wir Männer empfinden in solchen Situationen meist anders als die Frauen, die schnell überreagieren. Sie brauchen sich deshalb keine Vorwürfe zu machen", half ihm Morsch weiter.

„Ja. Das war's. Eine Überreaktion. Gut, daß Sie das auch so sehen." Korschenbroich nippte an seinem Kaffee, bevor er fortfuhr. „Ich sei doch ein Schlappschwanz und alles andere als ein Held, sagte sie. Es würde sie anekeln, wenn sie sich ausmale, daß ich erst Geldscheine und dann sie anfassen würde. Sie hörte gar nicht mehr auf mit ihren Beschimpfungen. Sie wendete sich von mir ab, schaute aus dem Fenster und redete obszönes Zeug über Männer und wie widerlich ich ihr sei. Da muß bei mir eine Sicherung durchgebrannt sein. Ich hatte nur noch den einen Wunsch, ihr den Mund zu stopfen, damit sie endlich still sein würde. Ich trat wieder von hinten an sie heran. Plötzlich hatte ich die Bordüre der Gardine in der Hand, legte sie um ihren Hals und zog zu. Auch als sie schon ganz still am Boden lag, ließ ich nicht locker. Ich weiß nicht wie lange das ganze dauerte. Irgendwann kam ich wieder zu mir. Ich rief: ‚Verena! Verena! Wach doch auf! Ich liebe dich doch.' Aber sie rührte sich nicht mehr." Korschenbroich versagte die Stimme. Er stützte seine Ellenbogen auf die Knie und schluchzte. Morsch ließ ihm Zeit. Nicht aus Berechnung, sondern weil er selbst unschlüssig war, wie er sich nun weiter verhalten sollte.

„Haben Sie Frau van Denbroek allein in den Keller gebracht?"

„Ja. Ich wußte erst gar nicht, was ich machen sollte. Lange saß ich neben ihr auf dem Boden. Was würde meine Mutter zu all dem sagen. Furchtbar! Dann kam mir die Idee, einen Selbstmord vorzutäuschen. Ich trug sie in den Keller, weil ich Angst hatte, daß jemand plötzlich im Garten auftauchen könnte. Ich legte sie in den Weinkeller. Das war der einzige Raum mit einer Holztür. Da, so hatte ich gehofft, würde sie niemand so schnell finden. Die Wäscheleine lag in der Waschküche. Es kostete meine ganze Kraft, Verena damit an dem Weinregal aufzuhängen. Dabei sind viele Weinflaschen aus dem Regal gefallen und zerbrochen." Korschenbroich hörte

auf zu reden und fixierte irgendeinen imaginären Punkt im Bücherregal. Er zitterte.
„Hier, ziehen Sie Ihr Jackett über, Herr Korschenbroich. Wir müssen jetzt ins Präsidium fahren."
Morsch griff nach dem blauen Sakko, der neben Korschenbroich auf einem Stuhl lag. Beim Hochnehmen schlug am linken Brustteil das Futter nach außen und ließ das Etikett sehen. „Reine Schurwolle" las Morsch.
Korschenbroich räusperte sich. Er hatte sich wieder in der Gewalt. „Ich weiß, Sie müssen mich jetzt festnehmen. Aber vorher möchte ich Sie noch etwas fragen."
„Wenn ich kann, werde ich Ihre Frage beantworten."
„Woher wußten Sie eigentlich, daß ich es war?"
„Ehrlich gesagt, wir wußten es gar nicht. Es war nur eine von mehreren Möglichkeiten, die wir in Betracht gezogen hatten. Der Kugelschreiber, wissen Sie. Wir haben Ihren Kugelschreiber im Duschraum des Schwimmbads gefunden. Damit haben Sie uns doch die Adresse von Frau van Denbroek aufgeschrieben."
„Meinen Kugelschreiber? Was für einen Kugelschreiber? Im Duschraum des Schwimmbads? Da bin ich nie gewesen."
Morsch zog den Kugelschreiber aus der Tasche und hielt ihn Korschenbroich hin.
„Nein", sagte Korschenbroich bestimmt, „das ist nicht mein Kugelschreiber. Das muß der sein, den ich Verena geschenkt habe. Aber das ist schon längere Zeit her."

Die Autoren:

Mathias Reichert, Jahrgang 1951, verheiratet, zwei Kinder, lebt in Bergisch Gladbach. Erfahrungen in verschiedenen Berufs- und Erwerbszweigen, u. a. als Journalist, Jurist, Seminarleiter, Dozent und Werbetexter. Neben Fachtexten schreibt er Lyrik und Prosa.

Reiner M. Sowa, Jahrgang 1959, lehrte Kriminalistik und Strafrecht an polizeilichen Bildungsinstituten. Mitbegründer der Polizeiakademie in Sarajewo. Veröffentlichungen polizeilicher Fachliteratur. Er lebt als Kriminalhauptkommissar mit Frau und zwei Kindern in Bergisch Gladbach.